大雅

为一种品格注脚

休斯系列

# 雨中鹰

[英] 特德·休斯 著

雷武铃 译

广西人民出版社

给西尔维娅

# 致　谢

发表《情书》的《音调》杂志；发表《雨中鹰》的《大西洋月刊》；发表《法勒主教的殉道》的《BBC三台和诗歌》（芝加哥）；发表《养鸽人》的《哈伯》杂志；发表《著名诗人》的《伦敦杂志》；发表《巫婆》《围成一圈的欢闹者》《风》的《国家》杂志；发表《伤亡者》《美洲豹》《古代英雄和轰炸机飞行员》的《诗歌》杂志（芝加哥）。

《雨中鹰》在参加一项由纽约希伯来青年男女协会诗歌中心与哈伯兄弟出版社合办的诗歌竞赛中获得了首部诗集出版奖。

1957年4月9日，费伯出版社主任查尔斯·蒙蒂斯给T.S.艾略特的一页打印的备忘录。上面有艾略特的铅笔批复："我倾向于我们应该现在就接受这家伙。我们讨论一下他的情况吧。TSE"。

艾略特先生

《雨中鹰》：特德·休斯

我不知道您是否愿意看看这部诗稿？我必须坦承我是在收到这些诗之后才知道特德·休斯这名字的。而您会在函件中看到，他是一个年轻的英国诗人，但他的作品主要是在美国发表的。这部诗集，他的第一部，赢得了纽约希伯来青年男女协会诗歌中心赞助的首部诗集出版奖，是由奥登、斯彭德、玛丽安·摩尔评审的；在我看来诗集作品的质量参差不齐，相去悬殊，但其中有一些非常吸引人的诗作。虽然我还不觉得我们要接受他，但有必要给他一封鼓励的信。我想知道，是不是有必要非正式地向斯彭德打听一下有关那个奖项的更多情况，以及评委们对休斯先生诗作的评价？

查尔斯·蒙蒂斯

1957年4月9日

MR. ELIOT

THE HAWK IN THE RAIN: Ted Hughes

I wonder if you'd like to look at this? I must confess that the name of Ted Hughes was unknown to me until these poems arrived; but - as you'll see from the correspondence - he's a young Englishman whose poems have been published chiefly in America. This book, his first, has won the First Publication Award in a contest sponsored by the New York Poetry Centre and judged by Auden, Spender and Marianne Moore. The quality seems to me very uneven; but I think there's some interesting poetry in the book. Though I don't feel we'd want to take him on yet, he might perhaps have a letter of encouragement. Would it, I wonder, be worth while asking Spender informally for some more information about the Award; and about the judges' assessment of Mr. Hughes' work?

CM.
9.4.57.

I'm inclined to think we ought to take this man now. Let's discuss him.

TSE

# 目　录

# 雨中鹰

我沉陷在大雨噼啪的耕地，
一步一步，从大地的吞噬之口
拔脚向前，黏土紧拽我的脚踝
以坟墓死咬不放的习性，而鹰

毫不费力地在高空盘悬它凝定的目光。
它的双翅轻盈安静地掌控万物，
在大气流中稳如幻觉。
在呼啸的风摧残顽强的树篱，

戳我眼睛，抑我呼吸，揪我心脏，
大雨劈砍我的头骨时，那鹰
高悬意志的钻石头[1]，如北极星
激励海难溺水者坚持：而我

被残酷地抓住，在晕眩的倒数时刻，

---

① diamond point of will，意志的钻石头（点），可理解为如玻璃刻刀的钻石刀头。当然，diamond point也是菱形的意思，用来指方向，也可理解。这在原文构成语义的双关。

作为大地口中的零食，奋力朝向
那鹰静悬之处，那主宰暴力的支点。
也许轮到它自己时，也会碰上这天气

糟糕的天气，受气流折磨，被翻滚着掷下
眼看着坠落，沉重的大地撞向它
地平线俘获它；它圆圆的天使眼摔得
粉碎，它的心血和地上的污泥混为一体。

# 美洲豹

猿猴们打着哈欠在阳光下玩赏身上的虱子。
鹦鹉们着了火似的尖叫，像站街女
卖弄风情以换取游客的坚果。
在慵懒的困倦中，老虎和狮子

静卧不动如太阳。蟒蛇盘卷成
一块化石。一个个笼子看似空的，
只有垫草散发出沉睡者的臭味。
这可画在幼儿园的墙上。

但随大流的人快速经过这一切
来到人群簇拥的一个笼子前，像孩子
盯着梦境，入迷地盯着一只迅捷易怒的
美洲豹，它钻头般的眼睛短促犀利的一瞥

穿透牢笼的黑暗。它毫无厌倦——
那眼睛满足于在火中失明，
耳朵因头脑里血流澎湃而变聋——
它绕着笼栏转动，笼子对于它

只不过如牢房对于幻视者般无用。
它迈步于自由的荒野：
世界在它脚跟的猛推下转动
越过笼子地板，迎来辽阔地平线。

# 金刚鹦鹉和小女士

在一只铁线笼子里
大小如人头，金刚鹦鹉炸毛在
一场惊人的焚烧中，忍受他眼中添柴加火的恶魔。
在这老太太的客厅，一盆叶兰窒息于
褪色天鹅绒的麝香味，他悬挂着如在透明火焰中
像准备一个酷刑者的铁刑具
将浓重的缓缓颤抖的绿色、黄色、蓝色、
深红色涂上铁刺；

或像冒烟闷烧的头，悬挂在
恶魔终结者的铜厨房，戴着镣铐，
让火山发誓在黑灰中把这世界喷吐出去，
某一天，这会实现的；或像一个贵族
逃离了可怕的神话中的天廷，却被一个小男孩
用面包屑和一根弯曲的支杆
或用马尾毛织的捕画眉的罗网抓住
关进笼子里歌唱。

那喂他籽粒的老太太
有一个孙女。这女孩叫他“可怜的波莉”，拿他取乐。

“快乐的抹布”。但每个满月之夜躺下时
她身体的旋转酒杯裸现，静静地闪耀
她满溢的眼睛并没有颤抖或泄露
　　那个梦：那位勇士来了，带着闪电和铁锤，
　　粉碎，燃烧，撕裂她直到耻骨，
　　　　她沉默的恳求深陷枕中。

　　他整天盯着他的火炉
用通红的眼睛，但她走来时他闭上眼睛。
“波莉，漂亮的波尔”，她哄诱道，轻柔地摇晃他。
她爱抚着，低语着亲吻。他蓝色的眼睑依然紧闭。
她大发脾气击打笼子，漩涡般发泄：
　　鸟喙，翅膀，脚爪，猛然撞上
　　笼条，在怒火与疯狂中，
　　　　他的尖叫震动了整个屋子。

# 思想之狐

我想象这夜半时分的森林：
还有某种别的活物
除了时钟的孤寂
和这张我的手指在它上面移动的白纸

透过窗户我看不到星光：
黑暗内部有某种更近
但更深沉的事物
正进入这孤寂之中：

冰冷，轻盈如暗夜的雪，
一只狐狸的鼻子触碰细枝，树叶；
两只眼睛瞄好再走动，现在动了，
现在又动了，又动了，现在

林间雪地上留下了
整齐的印迹，一个跛行的影子
在树桩边小心慢走，在一个
大胆地穿越林中空地的

空心的身子里，一只眼睛，
一片扩展的深化的绿色，
在它精彩地、专注地
就要成就自身之时

突然一阵呛人的热烘烘的狐臭传来
它沉入了头脑的黑洞。
窗外仍不见星光；时钟滴答，
纸上打满了字迹。

# 马　群

黎明前的黑暗里我穿行林中朝山上爬。
鬼魅的空气，一片结霜的寂静，

没一片叶，没一只鸟——
一个寒霜凝固的世界。我钻出树林到更高处

铁青色亮光中我呼出的热气留下扭曲的样态。
但山谷仍被黑暗淹没

直到荒野边际——亮灰色之中的黑色残余——
均分了前面的天空。然后我看到了马群：

深灰色中的巨影——十匹一起——
巨石阵般静止。它们呼吸，但一动不动，

披垂的马鬃，侧斜的后蹄，
不发一点声响。

我经过：没一匹喷鼻或扬头。
灰色静默的部分

融合在灰色静默的世界里。

我在荒野山岭谛听空无。
麻鹬的叫声划破寂静的边界。

渐渐地细节从黑暗中显现。然后太阳
橘色，红色，喷薄而出

无声地，它的核心裂开散发，射入云间
将云沟震开，露出蓝天，

那巨大的天体悬在空中——
我转身

在高热的梦中摇摇晃晃，往下走向
黑暗的树林，从燃烧的顶峰

又来到马群边。
　　　　　　　它们仍在那里，站着，
但现在，在流光溢彩下冒着热气闪着光芒，

它们披垂岩石般的马鬃，侧斜的后蹄
在解冻后抖动，在它们四周

白霜闪耀着火光。但它们仍然一声不发。
没一匹喷鼻或踏步，

它们垂着头像天际线一般耐心，
高于山谷之上，在平射的红色光线中——

在喧哗拥挤的街上，在穿行于岁月和人脸中时
愿我还能遇上我的记忆，在如此孤独的地方

在溪流和彩云之间，听见麻鹬，
听见天际线持久忍耐。

# 著名诗人

看看这个大怪物：注意
这有多困难，要确定是什么
构成了其巨怪性，在这
非常普通的外表下。既不瘦也不胖
头发介于灰与黑之间。

总的神态
是一个学徒工——比如，一个刷墙的学徒工
置身于一群著名的建筑师
中间：一副老鼠模样。
然而他是个大怪物。

首先从那眼睛里细找
火花，光芒：没有。里面空无一物
只有一个接近完蛋的多变艺术家
憔悴冷漠的疲惫。他瘫坐在椅子上
像个受重创的人，只剩半条命。

他那饮尽残渣的内在恶魔
仍在大杯吸取来自细胞组织和毛囊中的
生命之火和精神电能
那赋予一个普通热诚的男人以光彩的一切?
或从一个女人身上吸取?

真相是——它带来了
黑幔，鼓声，送葬队列的步伐
像一个伟人的棺材——不，不，他还没死
但真相是半截身子已肯定入土:
那年轻的无名之辈

曾经身受的屈辱，
那困境中的勃勃雄心的高压能量
那受阻的内心渴望酿出的万丈豪情——
爆发出烟花般的璀璨，让沉闷的世界目瞪口呆
让他们仍在叫喊“再来一次!”

但他极尽全力营造的
古代英雄般的巨大影响，那金钱和颂扬，
那父母的手指书签和孩子的惊奇，
甚至他那桂冠花环的火焰，
只留给他残骸：残破的

大怪物模样，因此，
作为一头剑龙，一个笨重的淘汰的
巨型号角和金锁甲的武库，
来自半个世界都在燃烧的时代，
被安放在动物园围栏后面，眨巴眼睛。

# 歌

噢，女士，当倾斜的月亮之杯祝福你时
你成了温柔之火，兼具云的优雅；
难过的星星游向你脸上的眼睛；
你站着，你的影子就是我的所在：
你转身，你的影子就变成冰，
　　　　噢，我的女士。

噢，女士，当大海抚摸你时
你是一座浪花的大理石像，但哑默无语。
什么时候岩石会张开它的墓穴？
什么时候波浪会放弃它们的浪花？
你不会死，也回不了家，
　　　　噢，我的女士。

噢，女士，当风亲吻你时
你把他变成音乐，因为你有一个优美的外形。
我仍跟随着海水和风
因为我的心听见它摔成了碎片
为你的情人们窃取，怀着恶意，
　　　　噢，我的女士。

噢，女士，请想想当我失去你时
月亮之手，将满是散乱的垃圾，
大海之手，将被世界的胸脯染黑，
风之手所经过的世界，将凋零衰落，
而我的头，为爱而疲惫，将歇在
我手上，而我的双手将满是尘土，
噢，我的女士。

# 客厅小曲

因为爱情如此像烈火他们不敢
让它进入干柴般的闲聊；
因为爱情如此像洪水他们不敢
泄露点滴否则整个会垮塌，

这两人无言地坐着：
暗淡的冷茶在杯中监护着
静止，沉默，和眼睛里
被抑制的烈火与洪水。

# 秘　书

如果我摸她一下她就会尖叫和哭泣
躲一边去治疗她严重的创伤：
她整天在男人们中间奔忙，
像公牛肚下的一只椋鸟，躲闪，偷觑，

看见牛角一动就扑腾着飞离。
黄昏时她疾步走过两边色欲的夹鞭刑
像一只发条老鼠。终于安全到家
她缝补有破洞的袜子和破损的衬衣

为自己的父亲和兄弟，做美味的晚餐：
早早上床，关上灯
她的三十岁，屁股紧绷地躺着，
她美丽的眼睛藏起来直到天亮。

# 一个厌世者的独白

无论何时我躺在我的墓碑之下
送上我的鲜花去凝望教堂塔尖，
在教堂地板的寒气里咬紧牙关，
我都将衷心感谢上帝，去见亡灵，

在我环顾那儿的老熟人时，
每个人的假笑都沾沾自喜，
每种态度都那么露骨
每张嘴都袒露粗鄙的地域；

而我将三倍地衷心感谢上帝
为躺在女人们身边，
她们的鬼脸是承担肉体的义务
而不是出于恶意与虚荣。

# 养鸽人

爱情闯入他的生活
像一只猎鹰扑进鸽子窝。
惊起一片怎样的叫声！
每只世代柔顺的鸽子
都盲目地扑腾和撞击，
而那性情温良的养鸽人
冲着袭劫者尖叫。

他也许紧绞着自己的双手
让眼中的泪水落下：
他不会赢得更多奖项了
靠他的扇尾鸽或凸胸鸽，
(所有这些年的努力
它们从第三，上升到第二
直至成全世界的冠军……)

然而他很快擦干了泪水。

现在他驾驭着早晨的雾气
一只大眼睛猎鹰在他拳头上。

# 情　书

这是夸大其词的事实——
他的十二支欢快的铜管乐队
转进了各个鼠洞——
他高昂着头走在镇上
赤裸如他的呼吸。

我已足够尽力地去寻觅
如果现在我找到一个人而她没有
——将这“没有”读作轻声——
当我顺从天性走在她身边时，
甜美的微笑，偷觑，咳嗽。

她直视的目光穿透妖魔，
穿透拥挤的咖啡馆，成千上万本
堆积的书，甚至我的大块头身躯，
直达那来自眼睛自身的炽热星光，
在她能从其中抓住她可抓住的一切时。

我没说我确实爱你或不爱。
我被强迫来到你前面——

爱情是对一些美味的沉溺欲望——
我被驱赶到你的床上和四面墙内
从深不可测的破碎的黑夜——

正如被剥夺一切的我
得到的星座的关注
少于遭受寒冷、雨和风的忽视，
相比于爱以绝望显示我无家可归
我并没将你拥抱得更紧更坚定。

# 一个谦恭的建议

理解我们的最好方式
莫过于像两只狼，分别进入同一片森林。
现在它们谁都睡不着——即使远远地隔开
也会被另一只狼比拼的轻微脉搏
扰得心烦意乱。也无法去捕食——每走一步
就得向后面和两边张望，警惕地倾听
另一只狼流着口水的猛扑。没一只狼能熄灭
心中痛苦燃烧的炭火
除非另一只狼的肉体和整个森林都属于它。
那时它可能会对着月亮称心如意地哭泣。

一场争斗后，它们各自躲进丛林，
舔着撕裂的伤口，胸脯费劲地发出狂怒的嗷叫，
在想象一种疯狂满意的结局时
双眼异常明亮地在树叶下闪烁。
(一只在树叶后偷觑的椋鸟，发出惊叫
因为看见一道裂口如此恐怖地张开
深入到通红炽热的仇恨。)

突然，它们隐藏起来，仔细观察。

那边骑着马
奔驰而来狩猎的大领主。他镶边的斗篷
向后飘飞，他的马尾披散
他的马镫边是两条大眼睛灰狗
那天天都扑倒高大公鹿的猎狗
跳起来整齐如一，发出欢快的声响。

# 不相容

欲望是一个邪恶的分离者
　　尽管它让女人缠住男人：
它冰冷地将两个自我凿开成单身
　　就如它把两块单独的热铁锻打成一体。

老伊甸园的老生常谈：某种磁体
　　和炉火，再用铁锤猛烈地捶打
把一个身体和另一个身体结合
　　直到界限消失。

但欲望胜过那些空无所持的手，
　　它潜入那对面的眼中，
落入那照亮脸庞的星光
　　都无法通行的黑盲区，

每个身体仍拼命紧跟
　　落入另一个身体的黑暗漩涡，
他们的四肢乱舞，击打
　　每一处障碍所在的空虚，

每个人，每一秒，都更孤独更深远地
　　单独坠落，无止境地穿行于
另一个人的空无世界，虽然两个人
　　纠缠得这么紧，他们压抑着他们的叫喊。

# 九　月

我们坐到很晚，看着黑暗慢慢铺展：
没有钟表给它计时。
在亲吻不断、双臂拥抱时
无法察觉时间到了哪里。

这是仲夏：悬垂的树叶巨大而宁静
眼睛后面有一颗星，
手腕的丝绸之下有一重海，说
时间并不存在。

我们站起；树叶并未和夏天对时。
现在无须钟表告知
我们只拥有我们所记住的：
一分分的时间在我们头上喧哗

就像不幸的国王和王后
在被无知的暴徒统治时；
树木安静地把它们的王冠
投入池塘。

# 福尔格里夫的女朋友

并非她无与伦比，并非她
在他尚未成肉身或尚未来到世界就属于他；
并非她具有特别的美德
使她猫样的慵懒和鼩鼱般的嘴
流露出人性。她的外貌
属于好朋友不会评论的那种。
如果他夸她夸得太特别
称赞她的厨艺或口红，
她的眼睛会流露出痛苦。也并非
他可怜她：他确实不可怜她。

“任何天生就有任何女人天生就
不得不有的一切的女人，”他说，
“拥有整个世界，其价值超出
才貌双全带来的价值；
我，无须选择就拥有
我作为男人的一切，我所选择的
城市，邻居，工作，已经够差的了
还是好于一个最糟的女人。
由于我这垃圾般的人过着

垃圾般的生活，我不会找一个
超出垃圾的女人：才貌双全
是伤害这猪鼻子的鼻环，
是这钻石上的锡扣环。”

他这么说意在破除一个梦
在其中对炫目的人体模型的爱慕
将所有感觉引向斑驳彩衣；他想赤裸裸地
站着醒在漆黑中，在其中动物跑过，
昆虫成双成对互相谋害，
鱼长时间等待着水。
　　　　　　　　　运气改变了他：
他找到了一个才貌双全的女人
在每个同伴面前都可以吹嘘。

# 两阶段

1

你势必会
称我的特异性，
带着轻蔑，
为监狱。

它监禁的东西
现在，自由了，
在你慷慨的拥抱中，
就像曾经，在富裕的罗马，
卡拉克塔古斯[①]，
我哀伤。

---

① 公元1世纪不列颠土著首领，对罗马人的入侵做出了艰苦卓绝的抵抗。失败被俘后，和家人一起被送到罗马。在罗马的凯旋游行中，他几乎全身赤裸，身上画着野兽图样，颈项和腰上系着铁链，鬈曲的头发披到肩背，神态自若。后来他被罗马皇帝克劳狄乌斯释放之后，自由地漫步在罗马街上时，惊讶于其恢宏壮观，叫喊道："你们这些拥有这一切的人，怎么还会觊觎我们贫穷的窝棚呢？"

2

当为爱而劳作时
他只碰触工具
节假日浪费掉了。

现在，盘剥到了皮
几乎难以为生，
使出所有的劲，
尚不如一只盲目的鼹鼠
为自己的命运挖掘
从冒火的月亮和太阳
深入黑暗的洞中。

## 虚荣的腐朽

现在七年了，从你作为王后
加冕我为国王；而你的幽魂从我怀中
你石头般冰冷的遗体离开也已六年。

随后三年，我心碎地
给你的遗骸涂抹香料；但在那之后
我让你的眼睛皱缩，你的遗体干枯，

忘掉了你仍悬挂在这里，还是
已被弄走，随所有废弃物扔到垃圾堆，
瘦弱的小公鸡在那里扒食、瞪眼、窥望——

直到这男人带着你干缩的头颅冒出来。
从他威严的步子，我看出，他
梦想着在把某个伟大的王后带到他床上。

而我之所以逃避，正如他之敢炫耀：
这皇家的纪念物，以一个世界的骄傲
使他成为你的国王，我的收破烂人员。

## 公平选择

公平选择？恶魔的外表！
狡猾地与你的犹豫共谋
给你埋下祸根！一个助产士
让你的优柔寡断生下心肝宝贝——
一对双胞胎，在摇篮里活泼地喧闹，

但互为敌手！在选择公平仁慈地
爱着两者之前，你本该野蛮地
处死一个孩子，把他祭献给
另一个成为真神的孩子，在他睁开眼睛
成为竞争对手之前把他埋葬。

但现在你的双胞胎号啕，睁大眼睛——
（这俩之间牵扯着可笑的遗传）
你必须冷酷地杀死其一，带着悔恨
强行喂养另一个，保护他远离
死去的兄弟纠缠不休的复仇的鬼魂。

或者你必须弯下你左右为难的脊椎
——仿佛在成吨重压下高贵地——

公平地养育二者。分裂的血你自己承受！
你每次抬眼都会看见你的双胞胎
亚伯和杀他的该隐一起[1]。

① 据《旧约·创世纪篇》，人类始祖亚当和夏娃所生的长子该隐因为嫉妒弟弟亚伯而将他杀死。该隐受到上帝的惩罚，被打上印记，永远在大地上漂泊。这是最典型的兄弟相残的例子。

# 可敬的斯金纳牧师的谈话

“姑娘，出身这街边的阴沟，你怎敢这么高攀？”
她拍拍他的脸颊，纠正他的话头：
“你的教会一直诅咒我，直到我变成它那般黑：
魔鬼已成我永远的偏爱。”
她说。一个暴发户绅士
朝她摇晃金手掌，她赶紧跑去。

而他伸直了躺在这阴沟里。
他发誓过十年咬紧牙关的生活。
“我的骄傲就是这事情的腐烂之心。”
他的眼睛粘在妓女迅捷的脚踝上。
为打击骄傲，他冲每个人叫喊：
“这是丢弃流产儿的阴沟。”

他仰面盯着黑暗，他诅咒着；
“好像我自己的心还坏得不够
上天自身肯定黑到腐烂！”
然后他看见纤瘦的月亮艰难地穿行
在擦拭她的伤口。他狂乱地站起来
只寻找和祝福那被玷污的事物。

## 申　诉

老妈妈玛丽，尽管——当那东西
在黑暗的小路上跳过树篱（或在
阁楼的楼梯上抓住你的脚跟）时，据男人的气味
和他穿的粗帆布，糟糕地伪装成
一个散发焦味让人晕眩的蓝色幽灵；——

尽管杰克·霍纳被树篱刮伤被猪咬过的手臂
在你的百合丛中乱抓乱摸，一颗彗星
穿过花轮直落入你的子宫底部，
它燃烧的头上长出一张男人的脸；——

尽管没有迅速的霹雳，没有浪子的悔恨
跪在闪电的拱门之下，紧握他的罪过，
但上帝对这些时刻相当满意；——

尽管你吞吃的是寓言之蜜，
而非大把强塞进嘴里的土豆炖肉之事实——

历史长着个大肚子，而非明亮的眼睛。

# 法厄同[1]

越来越生气，突然这快要疯了的人
在狂怒中翻着白眼
他的脚步踉跄起来——

每个人都感觉到另外四个疾速的霹雳
炸在这些太阳骏马的头骨前。

文雅的读者在他寂静的房间
看不清句子中间的词——

世界在他的书下燃烧着远去
一支摇摆翻转的车队拉着着火的他
走在黄道带的巨兽中。

---

① 太阳神的儿子。为了证明自己是太阳神之子，驾驶太阳神的马车巡行天空。因不善驾驭，造成灾害而被宙斯用雷劈死。

# 蛋头书呆子

　　一片叶子的独特性，
巨鲸藏身的海底，雄鹰栖身的山巅
高悬天空无穷尽地飞驰的星星，
　　过失杀人的震惊

　　一股脑塞进他的感觉：
这么多东西敢于冒死
透过他的手指去窥探世界的尽头，
　　或一只蚂蚁的头。

　　但比任何好斗的骄傲
更好的防卫是
活下来的蛮横劫掠的老兵和那些获胜的
　　遗忘和疯狂。

　　在灵巧的昏暗中，头脑
被半透明的蛋壳包围，欣然接受把世界的敲门声
关在外面，让它对睁大眼睛的谨慎的
　　聋耳去说话。

很久了，这蛋壳头的脆弱
绕开和抗拒接受太阳的闪耀，
大地的箭矢：吞吃
蛋黄的黑暗和来自

无奈的沉默，
用懒散的技能，用麻木不仁的
逃避诡计，瘫痪无力的把戏，
用视力清晰的诡辩术

去支撑一个高大的“我在”，
去仰起一个男人肯定的头。
吹牛者的自鸣得意以最冷静的方式
与他自己露珠般的脆弱

相勾结，
必须制止那正迫近的大地之口，
用极精确的密码，用眼神空洞的礼貌
与它对峙，沾沾自喜，

把它贬为粪土
踩在脚下，用他眼中的跳蚤红和捕蝇器的狂热
去对抗太阳的压迫，
夸耀他自己的耳朵聋了。

## 寻求经验的人问道一滴水

“这一滴水珠，空气的慈爱，
来自被守望的浩瀚蓝空——
(天使在哪儿?) 来自门口的气流，
塔斯卡洛拉族[1]，云，茶杯，
流汗的胜利者和腐烂的死鸟——
这一滴水珠历经了远行和刻苦的学习。

“现在附着于我们厨房奶黄色的墙壁上，
年长的眼睛！这没有心—脑—神经的透镜
它见过最初的地球中心的宝石
在黑暗中放光，见过巨兽的身躯和原木
在闪光的瞬间显现，见过人的手抬起
使他直立行走，它仍然清澈圆润地悬挂着。

“它学习的旅程经过了
大脑高耸的教堂，鼹鼠的耳朵，鱼的冰冷，
老虎血管里的屠场，

① 印第安人部落，原居美国弗吉尼亚州和北卡罗莱纳州，后迁居纽约州和加拿大安大略省。

狗肚里的贫民窟，没有地方
不曾因它明亮的容貌而改善，没有问题
它不能提出解决方法。

“可敬的长者！让我们向你学习。
给我们上一堂课，一堂浅白的课吧！
经验是如何磨损你或让你焕发新生，
让你现在挂在这卑微的厨房墙上的，
噢，词语的呼吸凝聚而成的露珠
映照在词语音节之镜中。”

他这样大声、庄严地说道，然后站着
等候回答，知道他自己本性中的所有
水珠亲戚，淋巴和血液的姐妹和兄弟
都在聆听自己为水珠的自我而作的发言。
这水滴仍然是清澈单纯的水。
它的反应不过像刚出生的婴儿

对手指玩偶或牙牙儿语所作的反应，
它长久、长久地躺着，皱着眉头
意识不到它自身迅捷的震惊之下
在第一声孤单的创造中的哭喊之后
进入感觉之网，脱离黑暗
脱口而出的那个肩负世界的巨大的“我”。

# 会　见

他在镜中微笑，随着他眼睛的抬升
整个太阳星座的光缩小成
一个小饰品形状：这是一个角色

在其中他能要弄一顶帽子
像浮士德一样变幻人生。但有一次
在一片空旷的山坡

一只黑山羊咔嗒咔嗒地
跑向他，前脚稳稳地踩在一块岩石
上面，俯视着

一副方瞳黄眼的模样
这黑色恶魔头倚着蓝天
用巨大的手指

将他提起，在空手掌上
将他转过，贴近一只眼睛
这眼睛像一个有生命的悬空的半球

用一道射线观看他血中的微光
缓慢，冰冷，凶猛，像一颗星，
直到那山羊咔嗒咔嗒走开。

# 风

这座房子一整夜都有如在大海之中，
树林在黑暗中呼啸，群山在嗡嗡作响，
田野上横冲直撞的风在窗下
踩着黑色的重步，湿雨盲目击打

直到白日升起；然后，橙色的天空下
山头显出新貌，而风挥舞着
光的刀锋，透亮的黑色和翠绿色，
像一只疯眼的水晶体一样折曲。

中午我沿着房子边一直上到
煤房的门。我壮胆仰望了一下——
透过刺疼我眼珠的劲风
群山上的帐篷砰砰作响，防风绳紧绷，

田野在颤抖，天际线一副苦相，
每一刻都有梆的一响和扑腾一下的消失：
风刮走一只喜鹊，和一只黑背海鸥
它像一根铁条慢慢弯曲。那房子

像一只精美的绿色高脚酒杯呜响
警示每一刻它都可能碎裂。现在
深陷在椅子里，在很旺的大火前，我们
紧攥自己的心脏，无法看书、思考以自娱

或彼此互娱。我们看着熊熊火焰，
感觉房子的根基在摇晃，但一直坐着
看着窗户抖颤着往里顶，
听见岩石在地平线下尖声大喊。

# 十月黎明

十月是金盏花，而
整夜里留给黑暗天堂的

半杯酒，在黎明时
梦见一个预兆：

冰横过它眼睛，仿佛冰川期
已开始它的起伏。

被践踏的草坪散落着
前一天夜里的花，吹口哨的

绿色灌木在劫难逃。冰
已把它的矛尖准备就绪。

首先是皮肤，空气的波纹
很精细地凝固于此；

很快是池塘和溪水上的木板和铆钉；
然后是成吨的铁链和巨锁

把河流捆锁住。然后眼见着
猛犸和剑齿虎庆祝

它们的重逢，同时冰冷的拳头
从世界的内核擦出火来，

从心脏的内核擦出火来，
现在，它就要开始了。

# 围成一圈的欢闹者

雪似乎在为温塞斯拉斯[1]而飘落。
　　荒野堆满泡沫像奔涌的
白色大海。一只饥饿的狐狸
　　盯着小酒馆的灯光。

在泥炭通红的格栅亮光中，
　　一张张脸冒汗如火腿，
农夫们圣诞夜的欢闹
　　传出低矮的屋外。

好伙伴将笑声维持在空中
　　仿佛他们投出的球
高过了魔鬼的跳跃
　　而他用尾巴去击球

① 温塞斯拉斯（907—935），波希米亚公爵。在传播基督教和维护本地异教信仰之间的争斗中，他在一座教堂门口被维护本地信仰的贵族和他弟弟谋杀。后来被基督教会尊为圣徒，捷克奉他为保护圣徒。在捷克之外，他以著名的圣诞颂歌《我们的好国王温塞斯拉斯》为人所知。

或去击打那长久持球的人。
　　他们如此将笑声投出
你不禁会想如果他们没有
　　在笑，他们必定得哭。

因此，麦芽啤传了一轮又一轮。
　　他们大张着嘴喷出
笑声的瀑布，否则
　　静默就会喝血。

他们的眼睛闭得那么紧，
　　在他们的大肚子摇晃时——
噢，他们的肉体将落入尘土
　　在醒来睁眼的那一瞬。

空气清新得像一把剃刀，
　　荒野看起来像月亮，
当他们全都欢闹着回家
　　在黎明前的一小时。

他们的死亡的那些生动形象
　　好过用盲目的技巧
和喧闹的平衡
　　去轻柔地接受他们的倒下

而他们脚掌底下的世界
　　仍在旋转着
欢乐和永恒，在深不可测的黑暗的
　　静默中，它也在其中飘落。

# 吸血鬼

你们这些主人对他不请而来挺开心的：看，
他看着威士忌的眼睛多明亮，他多么机智
像一道闪电击中同伴——
你们惊叹他从哪里获得如此能量……

与此同时，在这儿，很深的地下
这具腐尸的裹尸布动了，在膨胀。

“停下，停下，看在上帝的分上，停下！”
你们流着泪尖叫，但他继续无情地
吸呀吸，直到你们感到肋骨肯定断了……

同时这尸体的眼睛扭扯，在一阵艰难的
痉挛中弥合，一丝血
像蝎子般爬进它的头发。

你无力地恳求，随他疯狂的声音摇晃，
直到突然一阵喷血的咳嗽，他呛到了：

随后，他颤抖着离去。你跌落到椅子上
像树叶一般冰冷，几乎丧失了心跳……

在这城市最深的石头之下
这龇牙咧嘴的尸袋正在因你们的血而胀破。

# 分 娩

在产妇身上，当死亡之门
打开它愤怒的裂缝，
那搏斗和流血的时刻，
平常的一切变得如此陌生

看见的不再是桌子或椅子：
奇迹冲击头脑，丧失了
秩序和常规：大地
带着旋转的屋子落在

赤裸的心上，地轴断裂，
通过那打开奇迹的床
所有死者都能返回；
随着尖叫、起伏、喷血

瞪大眼睛的幻象
从心底之下鱼贯而出，
涌向那疯狂男人的眼角，
耳聋失聪地走入亮光，

那里一个孩子在床上啼哭，
皱眉十手指和十脚趾的诞生
头上的头骨得到复位
大地的摇晃已获修正。

# 巫　婆

老故事说，骗人的巫婆
把美丽的公主圈在带刺的围栏里
给她增肥，蜘蛛傍晚时伸出八只眼
紧盯着严密看守，用酥皮馅饼
将她育肥，不让她离开桌子
朝门口移动一步
不然她会从巫婆的餐盘边溜走
将巫婆的小肚肠换成广阔世界。
夜里，这巫婆必须以特殊的方式躺着
不然那可怕的黑色仇恨的利刺
会从她身上伸出，惊吓美丽的公主，
她完全被那爱的假象所蒙骗。

现在，这儿有一个老巫婆，我看
她使这个故事显出极度的邪恶。
她把她美丽的女儿从大学里拽回家，
把那美丽的眼睛锁在一座砖房里
诅咒那美丽的嘴将像水果一样腐烂
在这世界将它变成果酱
传给每一张嘴品尝之前。这么说吧，

夜里她必须以特定的方式躺着，
不然她的心会突破她的身体，炸开墙壁
用夸张无度的含泪的爱，
惊吓到她的女儿。女儿发现
放弃自己对广阔世界之爱的希望
甚至在黑暗中腐烂，要更容易，
承受九支恨的利箭比一条爱的锁链更容易。

# 猫国法律

两个人第一次见面时
就永远彻底地彼此憎恨，
不像乞丐和富人，
不像戴绿帽的人和给他戴绿帽的人，
也不像霸凌者和瘦弱男孩，
而是像狗和狼之间蕴含在血液中的
尚未意识到就激起愤怒的仇恨，
因为他们一个把另一个打死
用那最初为和解干杯而打开的酒瓶，
他向上帝发誓他控制不住头脑发蒙
当时他们正微笑相待。事实
胜过虔诚证人的誓言，他认定
所有人都是友爱如兄弟的同一个人。

两个人第一次遇到就彼此憎恨
甚至擦身而过，未交一言，就在街上，
他们不可能停下来，似乎记起
曾在哪里见过，真的在哪里见过
一起讨论“四海同胞情”，
“对每个同伴的人性之爱”，

或“不断增长的永久和平的可能性”，
但也许，很偶然他们确实遇到，纯属误会，
有了那可怕的停步的瞬间
在彼此看见对方眼中的鸿沟时，
然后难以置信的暴力行为一闪，
一个人的脑袋就轻轻地落入了水沟，
而另一个人冲进警察局叫喊：
“让正义得以伸张吧！是我干的，是我！”

## 舞会邀请

这死刑犯被惊动了，但他无法动弹：
寒冷冻结了鞭打留下的血迹。
他赴死日黎明的亮光驱散了黑暗。
他躺着，嘴唇麻木感觉不到冰冻的地板。
他梦见别的囚犯被拉出去——
在黎明时命令的噩梦中，一声枪响。
凶残的狱卒的皮靴声传入他耳中。

行刑者加在他筋肉上的劲越来越大，
老审判官出声提醒
不能扯烂了，即使被处死。
所有骨头都碎裂了，整个身体软塌塌。
众马分别朝南和朝北拉扯，
在尖叫声中将他的心脏扯碎。
他被扔给苍蝇和野狗的尖牙。

他的嘴歪斜在一条黑沟里。
整个春天他都听见情人们的低语和叹息。
阳光散出臭气。老鼠偷偷地啃啮着他。
腐烂和蛆虫一点点剥光他。

然而这个梦仍占据他的虚荣心：
要是他能直立，他将跳舞和叫喊
耻于做害羞或懒散的可怜虫。

# 伤亡者

地里的农夫，冒汽的窗后的主妇，
都看着那燃烧的飞机飘过蓝色天空，
像一只萤火虫和蜘蛛在搏斗，
在树林之上的高空，在晾挂的湿衣物中间。
他们关切地等候晚间新闻。

而它已坠落在一条黑莓沟里，突然砸断的
茎梗颤抖。一只野鸡扑棱棱
惊讶地伸长脖子四下查看。
蹦起的野兔，惊诧，犹豫，耷拉着耳朵
含泪狂逃，而鸫鹟一片惊叫。

一些人看见了坠落和烟柱。他们蜂拥而来
顺着阳光往下看，仿佛
黑莓丛暗影里有一条蛇或一朵珍稀的花——
他们看见落叶堆突然隆起，细听，
一个从空中掉下的人还活着，

现在能听见他的呻吟和摸索的声响了。
他们拨开掩蔽的杂草、树叶和带刺的藤蔓；

他们抬起一具身体，仿佛微风一触它就会抖动
他们的手搭在他的骨头上。因为
他的脊柱断了，他们让他靠着草叶堆。

将他的四肢安放好，让他的眼睛睁开，
然后站着，幽魂般无助。在这
被八月正午熔化的场景，这被焚烧的人
膨胀的血肉之躯比他们的更大，
心跳突然摇动他的身体，那眼睛随之

孩子气地睁大。怜悯之情
紧盯那躯体有如苍蝇。此刻没有一颗心
大过或敞开得过一只紧攥的拳头
其中心满意足地紧握它最珍爱的
永不磨损的钻石。他们眼中的泪水

太温柔而无从流出，尽哀悼者所能
开始面对如此可怕的终结，
急于分享发生的一切，
扭曲的表情，喘息，死亡的姿势。直到他们
俯看到那手帕，他的眼睛在那凝望。

# 冲　锋

突然他回过神来奔跑——生硬的
粗卡其布军服，浑身汗湿，
跌跌撞撞穿过一片翻耕地跑向一道绿色树篱
步枪开火的闪光炫目，听见
子弹划破空气击中肚子的声音——
他拖着支步枪麻木如一条受伤的手臂；
盈满他眼眶的爱国之泪化作
汗水如熔化的铁水在他胸前流淌——

然后，在迷乱中他几乎停下——
在什么星际和国家的冰冷时钟里
他作为指针正指着这一秒？他奔跑
像一个人跳跃在黑暗中奔跑
谛听两脚的落地声，作为
继续奔跑的理由，他的脚悬停在空中
像迈步中的雕像。然后，子弹纷飞的垄沟里

弹出一只黄野兔，蜷曲如一团火焰
打场一样转着圈跑，它的嘴无声地
张开，它的眼珠瞪得溜圆。

他端着刺刀跑过，冲向那道绿色的树篱。
国王，荣誉，人的尊严，诸如此类
在一声尖厉的警报声中像奢侈品般落下
从那爆裂的蓝色空气里
拔去极易引爆他的恐惧的雷管。

# 哀悼死去的士兵

I

最震撼的，是阵亡者纪念碑的揭幕：
如共同承受一些灾难，
人群站立着被击中，像一幅恐怖图画：
即将撞击的星球，只差半天距离，
巨影悬在寂静鸟群细小的脑袋之上；
每一动作，每一声响，新刻的墓志铭——
那刻的可怕使空气化为石头。

虽然单薄，军号这时呜咽，
死去的战鼓轻击，纵队的脚步
和军士长的声音被风传向四方
使这些死者庄严崇高，他们的灵魂
支撑并铭刻在天空，国家的悲痛
在这些不知道别的创伤的人群之上
化为永恒的巨大的胜利。

II

最隐秘、最细微之处，是遗孀
看着桌上的电报自行打开
无法逃避，比任何钻入地窖
掀掉整个屋子的炸弹更可怕。
极简的词语剪断爱的缆绳，现在
在黑暗中反弹，茫然，断裂。对着一个
孤独如她的头骨、细小如她心脏的世界

这门和窗户敞开，像通向地狱的大门。
她仍将把杯子从桌边端到洗碗池。
她无法将她的悲痛建成一座纪念碑
然后离开它。比思想更切近
那死去的男人戴在她的颈项上，
但从未近到可以触及，感谢
那毁灭的世界遗存下来的一切。

III

最真实的、唯一的正义，就在此地，
战斗过后，野草惊人地
从满是死人的山谷茁壮萌发。
蓝天下大批乌鸦和黑苍蝇飞舞。
鲜花盛放在集体坟墓边
铁锹在那深挖，掘墓人嘟哝着流汗。
死者在花丛中像新娘一样等待

摊开手脚；另一具尸体砰的一声
摔下，让人震惊的脸形，泥土进入嘴里——
让观看者彻底崩溃的时刻！
诅咒那将他们的工作拖长的太阳
还有那叮着他们手腕的黑色苍蝇，
这安葬工作熟练平静地进行。
用盎司[1]称量他们的哀悼，并将之埋葬。

---

① 英美质量或重量单位，1盎司合28.3495克。

# 六个年轻人

胶卷照片把他们保存得很好——
六个年轻人，为朋友们熟悉。
四十多年过去了，这泛黄的照片上
那些脸和手仍无皱纹。
虽然他们的三角帽现在已不流行，
但他们的皮鞋仍然铮亮。一个洋溢亲密微笑，
一个嚼着一根草，一个腼腆地低垂目光，
一个可笑地趾高气扬——
拍完这照片六个月后他们全都死了。

全都穿戴整齐，为星期日的短途出游。
我知道那片长满越橘[1]的河岸，那密树，那黑墙，
它们依然在那里未曾改变。从他们坐的地方
你能听到七条溪流的水
跌落到底的轰鸣声，整个绿叶密闭的河谷
弥漫着一道变幻的气息。
在此拍照，他们谛听的表情依旧，
而那河谷也仍未改它的声响，

① 越橘是杜鹃花科植物。

虽然他们的脸已埋入地下四十多年。

这一个在一次战斗中被击中，倒下后
在电话中呼救，然后这一个，他最好的朋友
跑出去想把他带进来，结果也被射杀；
而这一个，在一片无人之地
在听到洋铁罐轻拍的警报的那一刻，
后仰倒下死了，他步枪的准星也被打掉。
其他人，没人知道他们遭遇了什么，
但肯定遭遇了最坏的结果，比他们希望的
来得更快；全都被杀死了。

看，这一个男人的照片，
挂饰盒里的微笑，一夜之间
就变成医院里血肉模糊的
最后时光和痛苦；看绷带包裹下
他大过常人的肿胀尸体及其重量：
在这一个让他一直活着的地方
(穿着最好的礼拜日服装）看
战争最糟的火光和撕裂降临他的微笑，
这微笑已化为泥土四十年了。

那个你和他照面、握手、见其矍铄、
听其大声说话的人，并不比照片里
微笑的六人中的任何一个活得更充沛，
也不比史前或神话中的野兽死得更彻底；

没有像他们沸腾的血那么生动的思想：
凝视这照片会让人发狂，
这里如此矛盾的永恒的恐惧
有一次曝光留下的微笑和从其瞬间与热情中
脱离出来的一个人自己的身体。

# 两个聪明的将军

"别像黑道格拉斯[1]，举着旗，吹着号，
为小盒里装的心脏而冲向敌人奋力砍杀，
让整个空气都飘着断头的血腥气
直到他跨着大步倒下，你和我

两个内向且高龄的将军，到此
谈判，在一张地图上划分
地盘，获得光荣，凭此满意的协议
可解散整个军团。"

他们进入灯火通明的营帐，并不急于攫取。
他们的军队分隔在黑暗中闪着微光，
像两座安全的小镇。他们喝酒，开玩笑，逞机智——
戴着那么多勋章无须惧怕攻击。

---

① 詹姆斯·道格拉斯（1286—1330），苏格兰骑士和封建领主。作战非常勇猛，是苏格兰独立战争的主要将领之一。在战斗中他赢得一个绰号——黑道格拉斯。根据苏格兰国王罗伯特·布鲁斯临死前的遗言，他的朋友兼部属道格拉斯在他死后，将他的心脏挖出来，装进一个小盒子里，戴在自己的脖子上。这样戴着国王的心脏去打仗，以了却国王未能参加十字军东征的愿望。

协议签好了，土地分配好了（三分之一
塞进他们束腰外衣前面的私人领地）
他们留下空酒瓶。营帐灯熄灭，
他们在齐膝的雾气中摇摇晃晃离开，听见第一声鸟鸣，

朝各自的军营走去。
　　　　　　　　　现在，一个在摇晃中
看见一只死蝴蝶，在寂静的帐篷间。另一个大喊“卫兵！”
在一只狐狸钻入寂静的护墙时。
两人发现他们睡眠中的军队已被屠杀。

# 古代英雄和轰炸机飞行员

没什么可夸耀的，除了他们的大心脏，
手撕野猪肉和狂饮啤酒，
胸膛宽厚的夸耀者的激情

别无去处，在静坐着
聆听某个胆小的诗人夸大英雄气概时，
忍受着他们血管的抑制和膨胀——

很快就容易多了，想象所有火焰
随一把剑的白色轨迹燃起，
他们的战车轮碾过尖叫的颈项，

头发和胡子都闪着光芒，
他们在战争中喷洒自己浓稠的血，
不断补充自己床上和餐桌上的享乐，

给自己带来好消息，用新砍下的人头，
不断刷新他们珍爱的名声，
咆哮，承受重负，返回湿沼泽。

当考古学家挖掘出他们的遗骸——
一些骨头，锈铁——
他们战争的壮丽让我谦卑。

即使我能吹嘘
我的手腕一转
敌人的首都就一片火海

大片的地面就坍塌成废墟——
我也是苍白虚弱。
当我想象一个那样的勇士在屋子里

听见他心跳的粗响
一个个世纪成了一座停顿的时钟；我的心
冰冷且渺小。

# 法勒主教的殉道

被血腥玛丽的手下烧死在卡玛德。“如果我因火烧的疼痛而畏缩，就别相信我传布的信条。”（他被绑在火刑柱上时说的话）

血腥玛丽恶毒的火焰翻卷；
它们烧焦肌腱，把脚、脚踝
膝盖、大腿的骨头烧成焦炭，
将肠煮沸，将心脏烧成灰落下；
她的士兵边把木头扔进红色火焰
边叫喊：“这就是她的布道。”

阴郁地围观的威尔士小城居民
听见他在火焰之口中爆裂；他们看见
渗出来的黑色扭曲的东西冒着泡
散发出的沥青味让他们作呕；他在讲道台上
从未让他们的目光如此寂静，
从来没有像他的痛苦，他的机智现在这样。

一种确立对他的信众的所有权的

愚昧的方式！她就这样攫取
他的牧群，在他们眼前将他捆绑成
这一团烈焰的形状，似乎这样可以
消除他们寄予他的信任，烙上
她所主张的权力的印戳，禁绝质疑。

因此很可能这样：目睹他们的榜样
和导师因他的教导被烧成黑色碎片，
他们的沉默可能抛弃他而跟随她，
将他所教的信条和他们的威尔士帽搁一起：
他们看到亵渎神的父亲被来自天堂的火
打击，会听话不再发誓。

但打击这里的火，来自地狱，
点燃了他词语中的小天堂
正如他用自己的身体烧旺那火焰。
那些他们此前听而不闻的词语，
将焚烧他们的身体，拥有着火的舌头
将肉体和这世界的空气变得微不足道。

当他们看到他烧毁自己安享养老金的时光
和舒适的血，以让他的话语
化为纯粹的荣耀进入他们耳中，
这些精明的城里人将它们趁热装入口袋：
这印花并非现金，但清脆闪光
像女王的王冠一般的精纯黄金。

给出他所有的一切，换取的
只相当他极端痛苦的一丁点儿，
他身体淡然置之的悲惨的尖叫
他忽略不计，而从他眼睛烧出，
从他嘴里烧出的火，像一种荣耀的爆发，
烟柱将他焚烧的布道词传上天空。

# 译后记

特德·休斯（1930—1998）被认为是二十世纪后半叶英国最重要的两个诗人之一（另一个是菲利普·拉金）。《雨中鹰》是休斯正式出版的第一本诗集。它的手稿先是由他的妻子西尔维娅·普拉斯打印，投寄给纽约希伯来青年男女协会诗歌中心与哈伯兄弟出版社合办的一项诗歌竞赛，经由奥登、斯彭德、玛丽安·摩尔等人的评审，获得首部诗集出版奖；然后经T.S.艾略特的审阅由英国著名的费伯出版社于1957年出版。诗集出版后，得到了英美两地众多的好评和赞誉。休斯一跃进入当时英国最重要的诗人之列。

休斯这首部诗集给人的印象，首先是艺术感染力强，语言风格有一种粗犷强烈的艺术冲击力；其次是诗歌的思想内容非常独特，不同于通常的诗歌，它们涉及休斯一些非常特别的价值观和独特的看待世界的方式，给我们理解这些诗带来很大的困惑。在整个翻译过程中，对这两点感触良深的我随手记下一些自己的阅读理解心得。为了认识的方便，我将诗集全部四十首诗按内容题材或风格大致做了一下分类后，对这些笔记做了一些归纳。现在作为译后记附在后面，希望在大家探讨对这些诗歌的理解时能起到一点抛砖引玉的激发作用。

## 一、动物诗

休斯一生的诗歌写作以动物诗最为知名。他这首部诗集的前五首恰好都是动物题材的诗：《雨中鹰》《美洲豹》《金刚鹦鹉和小女士》《思想之狐》《马群》。

1.《雨中鹰》这首诗的诗意就建立在两重对比关系的结构上。第一重对比是下雨天深陷在泥地里艰难跋涉、苦苦挣扎的“我”，和在天空中超然淡漠、轻盈自由地盘旋的鹰的对比；第二重对比是前面部分神一样睥睨众生的鹰的高高在上的形象，和最后结局时摔死在地上血肉模糊的鹰的低贱悲惨形象的对比。通常的诗在第一重对比就完成了——天空中超然的鹰，指引鼓舞着在绝对的大地上苦苦挣扎的人。这首诗的特别之处就是它增加了第二重对比。因此它的主题不是通常的拯救和希望的象征主题，不是对鹰的赞叹，而是申明残酷的自然法则：在冷酷的神秘莫测的最高意志（自然力量）之下，一切生灵都卑微地遭受着残酷的命运的拨弄，即使傲然盘旋于天空的鹰也无法逃脱那至高意志冷酷和绝对的权威。诗中的语言真实而强烈，诗歌以平静接受的语气讲述残酷命运最后的结局。

2.《美洲豹》这首诗的诗意也是建立在一种对比关系的结构之上：美洲豹和动物园里所有其他动物，如猿猴、鹦鹉、老虎、狮子、蟒蛇的不同状态之间的对比。这些动物都被动物园驯服，表现得消极懒散、迎合谄媚、迟钝木然，完全丧失了它们自由生活时那种野性的生命活力。唯有美洲豹仍然保留着自然天性，保留着生命本能中的野性与活力，在笼中仍保持内心的自由，保持精神自由的幻视、愿景。这首诗的语言仍然感性强烈而冷静，诗的意图明显倾向于赞赏美洲豹不屈的野性活力。

3.《金刚鹦鹉和小女士》这首诗有着比较大的理解障碍。这种理解障碍首先来自这首诗的繁复的修辞。比如第一节第五行，“他悬挂着如在透明火焰中”，这是一个比喻，写挂在笼子里的鹦鹉的样子。但关于这只挂在笼子里的鹦鹉的比喻并未结束，紧接着还有“像……或像……或像……”一连串的比喻，一直到第二节结束。后面的几个喻体——刑具、冒烟闷烧的头、潜逃的贵族，前两个比喻非常惊人，后一个比喻比较正常。而每个比喻句内部都非常复杂，不仅仅是一个包含喻体的单句，而是描述这个喻体的一连串事件的复句。实际上，几个比喻全是写这关在笼中的金刚鹦鹉。这么繁复的修辞很容易让人陷入其汪洋恣肆的词语和意象之中迷失方向，辨别不出诗歌的主干意思、诗的整体的意义逻辑。同时，构成这首诗的修辞意象，其色彩绚烂之极，全都是感官性的词语，渲染性非常强，让人目眩心迷。其实，第一、二节这么一连串复杂、色彩效果极为强烈的比喻，意思非常简单，就是写笼中的金刚鹦鹉的样子。其中非常繁复地写到的吓人场景(恶魔终结者的铜厨房)，民间童话里那些恶魔故事中很恐怖的场景，小姑娘的梦，也是神话故事的场景。休斯在剑桥大学上学时从英语文学专业转到考古学和人类学专业，他的人类学视野应该对他的动物诗以及带有民间故事和神话故事色彩的诗都有影响。

这首诗的第二个阅读障碍来自它所要表达的主题思想。除了修辞上的怪异奇特，连绵的比喻，奇异的场景，这首诗在主题意思上也给人带来很大的困惑，抓不住它到底要表达什么，这更加深了这首诗的怪异感。这是一首关于生命欲望遭受压抑的诗。金刚鹦鹉，它被关在笼子里，好像是遭受酷刑。它色彩缤纷的毛色就像一团火在焚烧。它生命本能的欲望也像压抑的火山，喷出烟灰和岩浆。第一节的前三行，就把整个诗歌中两个对立冲突的因素交代清楚了：笼子，羽毛着火般燃烧的金刚鹦鹉，生命就是一场点燃的火。这里和火相关的比喻——大火、纵火、着火，是整首诗最关键的比喻。总之，这金刚鹦鹉是一团被关禁的烈火，熊熊燃烧的生命欲望，承受着老太太的笼子，环境的窒息感（包括室内的叶兰被天鹅绒的麝香味熏得窒息）。第三节，老太太的孙女，天真活泼，但也被严重地压抑，欲望只能在梦中爆发。第四节是一个冲突，小孙女和金刚鹦鹉，两个生命力被压抑的生命同在抗拒和毁坏中发生冲突。在小姐脾气的爆发和鹦鹉的尖叫声中，这首诗就这样结束。这诗的结尾，让人惊讶到无法解释，但这情节既合乎情理，又非常复杂深刻，且有强烈的喜剧效果。休斯以自己的方式创造了这首常人一般不碰触和谈论的主题诗。休斯通过动物写出人类潜意识中黑暗的一面。因为人也是动物，有动物性的一面。这里笼子是驯服野性和欲望的人工装置，老太太和她的笼子代表人类文明生活的一面，她的孙女也像笼中的鸟一样，她被压抑的欲望在梦中泄露出来。

它的第三个阅读障碍来自它和我们习惯的诗歌阅读经验之间的巨大反差。我们最熟悉的是抒情诗传统，无论是诗言志，还是诗缘情，各种借景抒情、歌以咏志、状物抒怀，都有一个自我中心，一个抒情主体在抒发自己的痛苦、欢欣、抱负、认识。而这首诗与此完全不同，这首诗超出了自我中心，根本就没有自我抒情主体，它完全是一些场景，两三个角色，一部戏剧。它就是展示，展示场景、行为、矛盾与冲突。主体性完全消隐在场景背后，没有现身。因此，我们只是看到场景和冲突，看不到抒情主体，没有明确的情感指向，也就不能产生这种情感的共鸣、认可，得到那种感情上的满足。我们只是看到一出奇异的怪诞戏剧，它让我们思考，它揭示真实，把我们带入未知的黑暗之地，从而洞见到隐藏得更深的真实的世界，真实人性，真实自我，被遮蔽的理性通常无法抵达的真实。这首诗揭示的是生命的欲望、性欲望和外部压抑力量的冲突，以及这种不为人知的欲望压抑带来的难以理喻的变态性和破坏性行为。它让我们感到震惊、不适、恐惧，如古希腊戏剧。亚里士多德认为这种戏剧起着宣泄净化的作用。因此，读到这样超出自我情感的抒发、共鸣与满足的诗，会有一点迷失方向。这需要仔细辨认，发现一条新的理解路径。也就是说，我们读到的休斯的诗，超出了我们传统的抒情诗的范畴，需要更为宽广的视野来理解和接受它们。

4.《思想之狐》这首诗可以看成是一首关于诗歌写作的诗。这只狐狸就是我们意识中想要写出来的诗。诗一开始就是在深夜写作，在召唤什么，“黑暗内部有某种更近/但更深沉的事物/正进入这孤寂之中”，然后，这只狐狸就出来了，并在林中雪地上警惕地走动。然而，这只狐狸是空心的，并非实体，属于想象中的存在，在这“空心的身子里，一只眼睛，/一片扩展的深化的绿色，/在它精彩地、专注地/就要成就自身之时//突然一阵呛人的热烘烘的狐臭传来/它沉入了头脑的黑洞”。空心的身子，就是想象的，而不是实有、实在、实体的身子。最有意思的是，这想象中的狐狸要自我形成而化为实体之时，像一首诗“在它精彩地、专注地”就要形成，出现在这个世上之时，结果一阵真实的狐狸体臭，让这只在头脑里就要形成的狐狸形象“沉入了头脑的黑洞”，又消散了。这真实的狐狸臭味指的是什么？对头脑里正形成的狐狸的驱散，是什么意思？不管如何，结果是头脑里并没有孕育并诞生一只实体的狐狸，只是在纸上已经打满了字。那么，头脑里的形象，和诗歌写作是什么关系？只是伴随写作而出现吗？这些都很有意思，无法确解，却被作为事实自然地结合在一起。

还有，诗的最后一句“纸上打满了字迹。”（The page is printed.），照应了前面两个地方：一是“纸”（page）照应了第一节最后一句，“和这张我的手指在它上面移动的白纸。”（And this blank page where my fingers move.），二是这“字迹”（print）照应了第四节的“林间雪地上留下了/整齐的印迹”（Sets neat prints into the snow）。也就是说狐狸在雪地上留下足迹、行迹，就是诗人在白纸上留下手迹、字迹。据首尾出现的print这个词，可以想象休斯是用打字机写作的，而不是手写。

这是一首非常美妙的诗，它不着痕迹地让一只狐狸出没于三个不同次元的空间：思想中的、现实森林中的和纸上写下的。深夜头脑意识到的、纸上用手打出的、林中雪地上跑动的狐狸。这只狐狸，出自创造，创造者在黑暗和孤寂中，对应于世界上的某处森林雪地上的存在。在虚实之间、想象和现实世界之间，发生着神秘的联系。

这是休斯的一首名诗。有人将它列为休斯十首必读诗中的一首。根据休斯回忆这首诗写作起源的散文《焚烧的狐狸》，他深受文学分析作业的折磨，做了一个梦，梦到了一只被火焚烧的狐狸对他说他在伤害自己。休斯认为这种理性的教条的文学分析伤害了他对文学的热爱，因此改变了自己所学的专业，从文学专业转入考古学与人类学专业。这从根本上确立了休斯对待诗歌和文学的态度。因此，这首诗蕴含着休斯诗歌写作最核心最秘密的动力。不同于现代诗歌运动观念，休斯是一个整体主义者、原始神秘主义者。他有着一种原始萨满教的信念，相信万物有灵的神秘直觉，相信诗歌源于生命原始的本能，源于生命直觉。这跟现代理性分析知识完全对立。他推崇本能的力量，强调顺从生命神秘的本能。这超越了西方传统的基督教善恶道德观和救世论，超越了但丁式的最高的美善和永生的终极价值。因此，休斯的诗毫无浪漫主义的伤感，通常被认为具有前基督教时的古撒克逊诗歌的古朴、粗犷、淡漠、豪迈又神秘的力量。

5.《马群》是一首叙述性的诗。写黎明前爬到山顶去看日出。在树林之上，山顶之下，视野开阔的高山草地他遇到一群马——在暗夜里站着睡觉的马。在山顶看完日出后，下山时再次经过这群马。这首诗开阔、写实、散文化，属于叙述性的诗。这种诗以再现真实情境为务，呈现事实和情境本身所蕴含的开阔的诗意，而不是由诗歌格式表达所赋予的语言形式的诗意。它非常直接且有着强烈的实境和认识的力量、压倒性的神奇的感性的力量，让人信服。它包含巨大的新鲜的真实的初始性经验，一种对世界存在本身及其发现的惊异感。它类似于“前不见古人，后不见来者，念天地之悠悠，独怆然而涕下”发现个人孤独存在的巨大伤感的反面，在于发现世界壮丽的存在时获得心灵启示与觉悟的狂喜。这里最令人惊异的是山上的这群马一直保持的寂静：它们和整个山野的寂静融为一体，是更巨大的山野宇宙的灰暗寂静的一部分。然后，这马群又静默地与日出之后流光溢彩的高远天地融为一体。如果这马群又叫又跳，估计对爬山看日出者来说也就没这种强烈的震撼感了。这是置身特别的自然情境中，被真实的存在的压倒性的壮丽的自然之美淹没而直接写出的，经历和体验过这种自然奇景和奇境的人，很容易被它唤醒。诗就是这样一种真实的惊奇、惊异、神奇，带给人神秘的震撼感。

对这五首动物题材的诗总结一下：

首先它们显示了休斯对动物诗的沉迷。休斯出生在英格兰奔宁山区，从小就跟着哥哥去打猎，成年后一直痴迷于钓鱼。他对动物有着特别的兴趣。这些诗预示了他此后诗歌写作中最重要的题材。他写了大量的动物诗，他的名诗几乎都是动物诗，这是他最与众不同之处。休斯的动物诗，主要不是观察性的描写，不像玛丽安·摩尔那样，而是和他的神秘观念紧密相连，有一种寓言性质。他像劳伦斯一样有着很强的观念性，他的诗有着强烈的象征性寓意。休斯被称作自然诗人，他心目中的自然，带着残酷的野性，有一种黑暗本能的力量。自然作为一种至高的存在，广阔无垠，有着多重的面目和深奥难测的意志。那种非人性的野性和暴力，才是休斯心目中真正的自然。这和那种田园牧歌中的自然不一样，完全不同于卢梭与华兹华斯的浪漫主义，是将自然视为最高的善的体现，是人内心的神圣崇高感的具体体现，是上帝创造的力量和恩典的见证，是一种让人赞美的神圣化的自然。休斯的自然是一种更原始的真实的自然，有着阴暗险恶的暴力，它充满奇迹，但人也必须接受、承受其对人的威胁。这种非人道主义和非人类道德中心的自然观和认识论，是休斯诗歌让人最困惑的深层原因。

其次，在艺术上，休斯的这些诗充满了强烈的戏剧性。这种戏剧性体现在他诗中采用的对比性结构——同一时空下不同角色之间的对比，同一角色在不同时空中的转化对比，和这些对比中包含的发展与转化。《雨中鹰》中那风雨下深陷泥地、艰难跋涉的人，和在高空超然盘旋的鹰的对比，结局时的鹰和前面的鹰的对比，显示出全诗残酷而崇高的悲剧性。人受制于命运、深陷在命运中承受着磨难，与这命运所作的搏斗与挣扎，充满希望和坚韧的徒劳，是宿命性的。鹰也如此，那至高的命运的主宰，万物皆无可逃避。《美洲豹》中动物园驯服的、丧失生命活力的动物和仍然保持活力生机的美洲豹形成对比。但美洲豹的活力自由，又是一种幻视者的幻觉，能够超越现实困境，看到更广阔的世界。休斯的戏剧性才能突出地体现在这两首诗的结尾，他能在最后段落将整首诗带入一种戏剧性的高潮、爆发的顶点，给人带来强烈而深刻的震撼。这种戏剧性是英国诗歌的传统。这些诗中还体现出英国诗歌的一个传统，便是修辞的繁复。这从莎士比亚和玄学派诗人而来。《雨中鹰》虽然明喻只有一处，但包含着大量的比喻。而《美洲豹》，也带着大量的比喻性修辞。《金刚鹦鹉和小女士》中，主要是由色彩缤纷的比喻构成。这是一座修辞表演的舞台。休斯诗歌突破英国诗歌传统之处，在于其诗风的奔放，一种自由的解放。英诗偏向室内乐的精致，复杂的修辞、严谨的格律和智性的机巧，贵族风格。休斯的诗风自由奔放，《马群》这样的诗，有广阔的自然真实。休斯诗歌的艺术性，还很突出地体现在其整体的结构上。他的诗前后照应得很好，交织成一个整体，也就是整体上构成很好。艺术性就体现在这种整体的构成上。丰富复杂的意味也唯有从这种整体性中散发出来。《雨中鹰》中的两处大地之口，三处高悬，两处目光（眼睛）照应得很好。《美洲豹》也是，前后对比的照应很好。这种整体性是一个诗人成熟的表现。休斯成熟得那么早，真是令人惊讶。

## 二、人物以及人与人关系的诗

这部诗集中有五首专门刻画人物，类似于人物画像的诗：《著名诗人》《秘书》《一个厌世者的独白》《可敬的斯金纳牧师的谈话》《蛋头书呆子》。

1.《著名诗人》是一首讽刺性的人物肖像诗。写一个空有巨大的名望却丧失了创造力的著名诗人。这个大人物像一个大怪物，他庞大的身躯是其巨大名声的投射，他令人不解的怪物样子是因为他丧失了人性，丧失了普通人正常交往接触时自然流露的人性。他只是被放在一个位置上，被展示、表演、供人参观。

第一节写这个著名诗人是名声大得让人无法接近也无法理解的大人物，其实长相很普通，完全看不出他身上有什么地方构成了他那么出名的品质。第二节写他整个人的长相气质都很土，就像个学徒。第三节写他成名之后那一副空虚浮肿的模样，完全丧失了内心的激情、活力与精神，一副死气沉沉的样子。第四节是一个猜想，他曾经写出的那些振奋人们精神的诗歌，是来自他内在的看不见的魔鬼吗？是从怎样的生活和身上吸取了生命活力与精神之火，获得写作动力，赋予作品以力量？这一节是一个疑问句，他的作品曾经这样，现在还如此吗？第五节是一个回答，承接上面一节。那个曾经充满活力、富有生机的、光彩熠熠的人，现在死气沉沉，只能带来死亡印象。人还活着，但已经死去了一半。第六节，写曾经给予他才华并使之绽放的，是年轻无名时的屈辱感，是那种在困境中不屈的意志，那种受压制时的激情。这一切赋予了他的诗以光彩，让世界惊叹，引起人们的欢呼。第七节写他在成名后的巨大声望和影响之下，却成了一个内心枯竭的人，一个丧失生命活力的残骸。第八节写这个人虽然活着，却已经被淘汰，像一个过去时代遗留下来的物种，像一个史前时代灭绝的恐龙，在动物园里供人参观。这著名诗人，只是在满足人的好奇心。

2.《秘书》也是一幅人物小肖像。诗中的三节聚焦于她一天生活的三个场景，刻画出一个胆怯、天真又善良的年轻女子形象。第一节是工作场景，作为女秘书的她穿行在各个办公室之间，在这充满男人性骚扰的危险环境中胆战心惊地应对。最让人惊异的是，这首上帝视角的诗，开头的第一句是第一人称的

"我"，有点邪恶地故意骚扰和作弄这位女秘书，让她发出尖叫，让她流泪，独自平复创伤后遗症。紧接着用了一个比喻："她整天在男人们中间奔忙，/像公牛肚下的一只椋鸟，躲闪，偷觑，//看见牛角一动就扑腾着飞离"。第二个是下班回家路上的场景，她必须从街上两边男人的侵略性目光之中走过。这一节用了一个比喻："黄昏时她疾步走过两边色欲的夹鞭刑/像一只发条老鼠。"这两个场景都是外部充满性侵犯危险的世界。第三个是回到安全的家里的场景。她给父兄做饭、补衣服，早早上床睡觉，年已三十的她夜里睡觉时还不能彻底放松。就是这么一个善良安静地生活的女人。诗歌语调带着点直接粗鄙的嘲讽，如说她晚上睡觉"屁股紧绷地躺着"，但也隐含着温柔，如说到"她美丽的眼睛"。诗中这些比喻和描写的语言有多层次的情感，很有表现力，非常形象地写出了在这粗野的世界里安静地生活的小秘书那种畏怯的小动物般的无辜。

3.《一个厌世者的独白》是一幅讽刺性的人物小肖像。特别之处是，它是通过人物自己的独白来刻画的。厌世者是不愿在这世上生活，不愿与人打交道的人，所以在第一节一开始他就申明他很愿意离开人世死去，并为此感谢上帝。第二节写这厌世者死后仍然习性未改，看不上他人。死后他仍然厌恶那些熟人的亡灵。第三节，反讽出现了：他很愿意和女人们躺在一起，为此三倍地感谢上帝，并能体贴那些死去的女人的鬼脸。这是和他的厌世者一贯的心态相矛盾的，这个厌世者乐于和女人在一起，即使是死去的难看的女人。这里含着很好玩的嘲讽意味。

4.《可敬的斯金纳牧师的谈话》写了一个内心纠结、压抑、扭曲的牧师形象。牧师这身份意味着其内心必须信奉一套宗教信条，其生活必须严守一套道德戒律，这自然会与人的本能欲望和各种声色诱惑产生冲突。这首诗就写了这么一个陷入内心冲突的牧师形象。这首诗共三节，第一节写牧师严厉地谴责一个出身卑微的年轻女子爱慕有钱人。但女子很不屑地打断他，对教会的道德审判毫不在乎，认为教会虚伪黑暗，她更偏爱魔鬼。第二节写受挫折的牧师严厉地自我谴责，更严厉地压抑自我，但欲望无法消除，“他的眼睛粘在妓女迅捷的脚踝上”。第三节写牧师的自我压抑并未奏效，升级到诅咒，感觉天空都是腐烂的，而这时他看见的月亮还是一个女性形象。这首诗的关键是这个牧师的心理冲突。他对年轻女子是一种什么态度？他因宗教信仰和教会身份而来的自我压抑无法消除他的欲望，反而激起更强烈的自我冲突。这是一出在粗鄙肮脏的环境之中上演的紧张阴郁、自我压抑和自我厌恶的骚乱不已的内心戏剧。这个人物有点像《巴黎圣母院》里那个恶毒又可悲的副主教弗洛罗：宗教戒律无法使他们断绝对女人的欲望，而是让他们变得更虚伪。休斯以一种不动声色的冷酷目光俯瞰这一切，看着这卑微的灵魂可怜又可笑的挣扎。

5.《蛋头书呆子》是一首论战性的讽刺诗，讽刺那种头脑不开窍，对充满真实世界的生机活力与丰富性的诗歌艺术一窍不通的书呆子。这种人迂腐不堪，呆头呆脑，只会固守一些书面教条，因此被称为“蛋头”（egg-head）。诗中利用了egg-head这个词的词源，将书呆子不灵光的脑袋，看成鸡蛋一样，里面包裹着蛋黄蛋清，混成一团，同时用一层脆弱的蛋壳抵抗外部真实世界的影响。用逃避和空洞的眼神去对抗太阳：“在灵巧的昏暗中，头脑/被半透明的蛋壳包围，欣然接受把世界的敲门声/关在外面，让它对睁大眼睛的谨慎的/聋耳去说话。//很久了，这蛋壳头的脆弱/绕开和抗拒接受太阳的闪耀，/大地的箭矢……”这是整首诗的核心思想。这首诗很难懂，原因之一是其玄学派诗歌的风格。整首诗从头到尾，都是繁复的修辞比喻、绵延不断的多重比喻、复杂出奇的比喻。这些比喻讲的就是两方面的事：外部世界的丰富感性，及其对那个教条脑袋的影响。穿透这些比喻修辞之后，发现意思其实很简单。原因之二涉及休斯对诗歌还有世界的一种特别的认识。这观念的核心是反对那种教条僵化的脑袋，那种头脑不清的书呆子。他们不能直接感受活生生的世界的丰富性。这首诗要和休斯前面的诗《思想之狐》以及他谈自己写作观念的散文《焚烧的狐狸》结合在一起才更好理解。它表明休斯对诗歌的根本态度和看法。这首诗尖锐地讽刺了那种教条的书呆子，休斯认为僵化的学院风格完全触及不到真正的充满神秘的生命活力的诗歌。

总结一下：这五首诗都是写人，每首诗围绕着一个人物而写，除《秘书》之外，都带有挺强的讽刺性。在英国诗歌传统上，有一种很有攻击性的讽刺诗类型。蒲柏是一个讽刺诗能手，看谁不顺眼，就写讽刺诗，谁也不敢得罪他。拜伦也写讽刺诗。这传统，针对具体的人，带有很强的攻击性。这和中国古代的讽喻传统不一样。我们的讽喻，是劝谕皇帝、当权者注意民间疾苦，有很高的政治和道德意味。年轻的休斯在这种人物讽刺诗传统的影响下，写这种诗也很正常。英国讽刺诗会针对具体的人，休斯的《著名诗人》讽刺丧失了生命活力和创作能力但名声巨大的著名诗人，写这么一个怪异的大人物，不清楚具体针对的是谁。这八卦不好落实。《蛋头书呆子》是论辩性的讽刺，《秘书》是一幅人物素描，《一个厌世者的独白》是一场心理小戏剧，《可敬的斯金纳牧师的谈话》是一场极为复杂的心理剧。休斯的这些诗正是因为这种心理的复杂和他自己的观念而导致有点不太好理解。

还有四首关于人与人之间关系的诗：《一个谦恭的建议》《不相容》《公平选择》《猫国法律》。

1.《一个谦恭的建议》这首诗有两点特别之处。一是让人震惊的两只狼之间神秘而疯狂的仇恨：它们在同一片森林中，只要想到对方的存在，就恨得寝食难安。它们的生命和生活完全被这仇恨占据，每时每刻都想杀死对方，非得将对方置于死地从而独占整片森林不可，否则无法安生。它们厮杀之后舔着伤口，头脑里所想的仍是如何消灭对方。这种疯狂的仇恨把自然中的鸟儿都吓坏了。最后一节结尾是一个戏剧性转折：它们突然同时隐藏起来，因为发现森林里来了猎人，带着两条凶猛的猎狗，要捕杀它们。二是这首诗非常奇特的结构。前文说的效果极为强烈的，两只敌对的狼，以及最后一节出现的猎人与猎狗，是这首诗的主体，只是用来说明这首诗的第一行"理解我们的最好方式"。这显然是一种很不平衡的结构：这首二十四行的诗，用了二十三行的篇幅，来说明开头第一行的一句话，甚至是一个词："我们"。但整首诗似乎又达成了平衡，就像秤砣平衡起长长的秤杆另一端很沉的重量。也就是说，整首诗那可怕的狼与狼之间的关系，是我们之间的关系的比喻。这两只彼此疯狂地仇恨的狼，最终面临被猎人和猎狗追杀的狼，是我们彼此的关系和结局。我们人与人之间有着狼和狼一样无法理解的不共戴天之仇，唯有疯狂地进行你死我活的厮杀，直到落入共同的被猎人和猎狗追逐扑杀的命运。这里的猎人和猎狗是主宰我们的更高的存在——命运之神。我们的血液和天性之中含有这种无解的本性上的仇恨，给我们带来更深一层的震惊：这和我们习惯人类友爱观念反差太大了。按此内容，这诗题目中的"谦恭"一词，有点反讽的意味。

2.《不相容》写男女两性之间的关系，源于欲望的关系。欲望的吸引力将他们的肉体结合在一起，像两块烧红的热铁，同时又让他们分离，无法真正融合在一起。只要有一个铁锤使劲地敲打，就可以将两块铁打成不分彼此的合金。但是欲望的分离力量，胜过铁锤的力量，使他们成为孤单的个体。最绝望的是，这孤单的个体被欲望激发时，只是落入更深的孤独之中。“每个身体仍拼命紧跟/落入另一个身体的黑暗漩涡，/他们的四肢乱舞，击打/每一处障碍所在的空虚，//每个人，每一秒，都更孤独更深远地/单独坠落，无止境地穿行于/另一个人的空无世界，虽然两个人/纠缠得这么紧，他们压抑着他们的叫喊。”这真的是对男女两性关系非常悲观和残酷的描述和认识：相爱的人因欲望而结合，这种欲望的结合，只是让人孤独地在另一个人空无的世界里坠落，两个人紧紧纠缠，但压抑着叫喊。

3.《公平选择》这首诗的主题是公平选择，但涉及它的诗句却不到三行，全诗绝对的主体部分是对这主题加以具体说明的一个比喻。这个比喻占据了全诗二十行中的十七行，它的发展和效果远超出了最初的主题。这个惊人的比喻是双胞胎之间无法消除的仇恨。他们一母同胞共生，却如天敌，完全不能共存。还引用了旧约故事，该隐因为嫉妒他的弟弟亚伯而将他杀死，用这神圣权威的记载，说明最后的结局必然是兄弟相残。当然可以将整首诗的意思理解为两种思想、两种可能的行动，这两种思想和行动无法共存，只能存在一项，否则无法行动。也可理解为对公平的否定，世界上没有公平，只有唯一。但全诗给人最大震撼的是，诗中如此绝对地肯定兄弟必然相杀这一点。把这点视为不可置疑的事实、真理，用作证据，去证明一个主张。那主张抽象，而这骨肉必然相残最刺激人。兄弟关系本来用于比喻友好，这里用来比喻无解之仇恨。

4.《猫国法律》是最不可思议、最可怕也最神秘的一首诗。“两个人第一次见面时/就永远彻底地彼此憎恨”，人与人之间竟有一种既非个人恩怨，也不是阶级仇恨，无缘无故莫名其妙就非置对方于死地不可的敌意。这种憎恨甚至完全违背他们自己的意愿，两个人本来是要表达友善，要为和解而干杯，结果却用酒瓶把人打死。两个人都相信人应该友爱如兄弟，要有“四海同胞情”，在街上交错而过时对视了一下，结果“难以置信的暴力行为一闪，/一个人的脑袋就轻轻地落入了水沟，/而另一个人冲进警察局叫喊：/‘让正义得以伸张吧！是我干的，是我！’”这暴力完全不可控，包括自己也不理解。等过后醒悟过来，自己也觉得有罪，跑去自首，自愿接受惩罚。这种无法抑制的仇恨的冲动，丧失理智和人性的疯狂攻击，隐藏在人的血液中、天性中。人的天性就是这么可怕。

这四首诗，艺术效果强烈，思想极为激烈。诗中所写的这些没有原因，无缘无故，蕴含在血液里、天性中的仇恨，无从解决，没法终止。这一点最可怕。和人们普遍相信的人道主义和谐美好的理想不同，休斯认为人类潜意识中存在残酷可怕的本能，人类本性中有着对同类的凶狠敌意，人自己都意识不到，但会不可控制地爆发。休斯不同于一般诗人之处，在于他的诗不是抒发温暖人道的情感，而是揭示残酷、残忍的真实。它们体现出休斯对人性和对诗歌的独特认识。休斯认为人身上的潜意识、非理性、原始本能、人性中黑暗的力量，是人类一直压抑但未能成功的存在。对待它的最好办法是直面它、约束它，而不是把它视为幻觉或邪恶而置之不理。它让人难以接受，但意识到人类社会成员之间存在着无法根除的矛盾冲突，将导致彼此残杀的悲剧结局，也让人警惕自己。

## 三、战争及爱情主题诗

六首战争与死亡诗：《伤亡者》《冲锋》《哀悼死去的士兵》《六个年轻人》《两个聪明的将军》《古代英雄和轰炸机飞行员》。

1.《伤亡者》这首诗写了三个连贯的场景。第一个场景是平静的乡间居民，在地里干活和在家里做家务的男女，看见天上空战后着火的飞机掠过，"像一只萤火虫和蜘蛛在搏斗"。这事他们只是目睹，但没有直接关系，他们的关切体现在等待晚间新闻的报道。第二个场景是飞机坠落在野外的一条黑莓沟里，惊起大自然中的野鸡、野兔、鹪鹩。第三个场景是，闻讯赶来看热闹的人，发现随飞机坠落下来重伤的飞行员还活着，他们将垂死的他从草从落叶之下抬出来，放好，眼睁睁地看着他死去。诗歌最主要的部分是围观的人看着这重伤者死去的可怕过程，他们感受到的那种无能为力，还有强烈的同情和悲痛。这首诗最特别之处是，写出了环境、伤亡者与目睹及围观者的一种疏离的心理关系：对农民来说，只是目睹这空战奇异的场景，只是一个晚间新闻，与他们平静的日常生活无关；而这飞机和飞行员坠落到野地中，破坏了那些野生小动物平安生活的世界；尤其是目睹飞行员痛苦地死去的可怕过程，围观者心理很受震动，但也急切地把它作为一件奇事与人分享。这首诗写出了死亡过程的可怕，也写出了人们对此的复杂疏离的心理：好奇、无助、同情、八卦。"怜悯之情/紧盯那躯体有如苍蝇"，非常强烈的一个比喻。最后的场面有如一幅在死亡面前的人群呆滞、静默、悲伤又疏离走神的宗教画。这种静默与疏离，还表现在诗中并没有明确地说出这是一架什么飞机，它因何坠落，因为诗中的人都知道。但可以看出，这是一架单人驾驶的战斗机，这种事经常发生（预期晚间新闻的报道），且很可能是一架敌机。这种疏离与悲伤混杂的关系，正是战争与过着平静日子的普通人的日常生活的关系。

2.《冲锋》这首诗写一个士兵一次进攻冲锋的过程，写这个士兵在真实战场上的心理感受和身体反应，最突出之处仍然是那种疏离感。第一句中的“突然他回过神来奔跑”，意思是：此前等待命令的时候，他紧张得失去了自主意识；冲锋启动后，他才猛然惊醒，恢复意识和感知，开始机械地行动。这是在死亡随时会降临的危险和恐惧之下，一个人真实的本能的反应。整个冲锋过程中他的意识极为紧张、极为敏锐，又很恍惚。有一刻，他困惑地停下，不知道自己在干什么、为什么跑。他能敏锐地感觉到子弹纷飞，有人被击中，垄沟里的野兔被吓傻了，惊慌地盲目转圈。他只是机械地顺从本能反应跟随着冲锋，“盈满他眼眶的爱国之泪化作/汗水如熔化的铁水在他胸前流淌”。还有结尾“国王，荣誉，人的尊严，诸如此类/在一声尖厉的警报声中像奢侈品般落下/从那爆裂的蓝色空气里/拔去极易引爆他的恐惧的雷管”，说明在战场上死亡随时会降临的恐惧之下，战争暴露出其残酷的本色，包裹在战争宣传里的各种浪漫和崇高的色彩全部脱落，人在战争中退化成本能的求生状态。这种在战场真实的残酷和恐惧之下的疏离感，解构了浪漫化的战争及英雄宣传，自然含有对战争的否定。

3.《哀悼死去的士兵》这首诗最大的特点是它由三个非常有表现力的独立部分构成，这三个独立的部分再构成一个整体。它选取了与死去的士兵相关的三个场景。第一部分是公共场景——非常庄重的阵亡者纪念碑落成典礼，这种仪式性的集体悼念活动赋予了死去的士兵一种崇高的意义，让活着的人体验到一种生死与共的共同感。第二部分是私人场景，写的是死去的士兵妻子得知丈夫牺牲的消息时的情景，她独自承担最亲密的爱人死去的痛苦，这种与个人情感紧密相关的痛苦无人分担，只能是个人默默地承受。第三个部分，是事务性场景，写在战场上掩埋死者的遗体，这些死去的遗体被草草掩埋，揭示战争最真实、最残酷和最无意义的一面。这三个部分面向不同，展现了战争死亡的各个不同方面，从而使这首诗对战争和它带来的人员伤亡有多重的认识和理解。而把有解构作用的部分放在最后作为结尾，也有某种言外之意。

4.《六个年轻人》这首诗选取了一个表现力很强的素材——一张六个年轻人的合照，照完这张照片之后六个月，他们就全都战死了。这是一个很好的切入战争残酷性的角度。人已经战死，而照片上的形象依旧，那生命留下的充满青春活力的影像和表情、那留下合影的地方依然如旧。诗中非常具体地写到了照片上的每个人，以及他们是如何死去的情形。这种残酷性的展示当然蕴含着反战的意味。但诗中最后一节又写道：那些活到老年的人“并不比照片里/微笑的六人中的任何一个活得更充沛，/也不比史前或神话中的野兽死得更彻底”，这是对战争中牺牲者的赞颂，“没有像他们沸腾的血那么生动的思想：/凝视这照片会让人发狂，/这里如此矛盾的永恒的恐惧”。就是说，一方面这些人个人的勇气使他们的生命显得生动，一方面战争本身毫无意义。

5.《两个聪明的将军》这首诗带有某种寓言和梦幻色彩，揭示战争荒谬的实质：愚蠢的士兵在互相仇视，不要命地厮杀，而这种厮杀只是他们聪明的将军谋求利益的游戏和筹码，将军们心平气和地讨价还价，达成交易后，互相友好地推杯换盏，醉醺醺地尽兴而归，而他们的士兵已全都被屠杀。

6.《古代英雄和轰炸机飞行员》写一个现代战争的轰炸机飞行员将自己和古代战争的英雄相比，自愧不如。他感觉古代英雄面对面厮杀，“用新砍下的人头，/不断刷新他们珍爱的名声，/咆哮，承受重负，返回湿沼泽”，展示出超凡的个人勇气，成为被诗人传唱的传奇英雄。而自己驾驶飞机轰炸，“即使我能吹嘘/我的手腕一转/敌人的首都就一片火海//大片的地面就坍塌成废墟/——我也是苍白虚弱”。那些英雄巨人的心跳有如座钟，而“我的心/冰冷且渺小”。整首诗是轰炸机飞行员——现代战争巨大破坏的制造者的独白。可能唯有休斯才会这么想。因为他崇拜生命本能的力量，那种淡漠地忍耐和承受痛苦的勇气，无视人世的苦难和命运。这种对现代战争英雄的否定，也可视为现代战争无意义的证明。

总结一下休斯的这些战争诗：二战期间和之后，英国产生了很多战争诗，二十世纪五十年代的年轻诗人开创了运动派诗歌，他们认为这种战争诗和战争心态已经够了，人们该回到正常生活，写正常生活的诗。休斯对此并不认可，他认为人们并没有从战争中吸取足够的教训，仍在回避一些问题，因此休斯一直没有停止战争诗的写作，包括在《雨中鹰》之后的诗集中。休斯的这些战争诗，直面战争的野蛮、残酷、可怕，直面人类社会和人内心的阴暗面。他的父亲参加过一战，是当地参战士兵中唯一身体完好地返回家乡的人。这点对休斯的战争诗写作应该也有些影响。这些诗在艺术上都很完美，叙述语调冷静、客观，有着残酷的真实性和戏剧性。诗中的描写具体、生动、准确，其中的场景、画面，予人印象深刻，效果很好。这些诗歌的语言粗犷有力，表现力很强。特别是诗歌的结构，像《冲锋》《哀悼死去的士兵》《六个年轻人》这几首诗的结构都堪称典范。这种艺术上的完美赋予了诗中的反战思想与态度更强烈的感染力。

六首和爱情相关的诗：《歌》《客厅小曲》《养鸽人》《情书》《九月》《福尔格里夫的女朋友》。

1.《歌》《客厅小曲》《九月》是年轻的特德·休斯第一部诗集中好不容易出现的三首沉浸式的爱情诗。《歌》是一首形式严格标准的谣曲，诗句语气都有严格的形式，其中情感的表达由于过于强烈的形式化语言，仿佛是形式的自动产物而非个人真实的内心冲动。这样的表达有一种形式上的间隔效果，一种真假难辨的戏仿效果。《客厅小曲》有一种写实风格，两个内心怀着强烈的爱情渴望的人受外部环境影响，压抑着自己的冲动。《九月》这首诗写的是两个人一起沉浸在欢乐之中，不觉时间流逝，不觉时光转换，白昼转成了夜晚。他们本是时间的主人，如国际象棋中的国王和王后一样，却忍受时间这暴民的骚乱。整首诗带着一种甜美的歌唱的节奏。这种甜美的爱情诗，在年轻的休斯笔下极为罕见，这真是有点奇异。我们前面提到过这部诗集是由普拉斯打印投寄出去参加诗歌征集赛的。我们知道特德·休斯和美国自白派诗人西尔维娅·普拉斯认识四个月后就在1956年6月结婚了，两个才华横溢的金童玉女般的诗人的童话爱情，结果是巨大的悲剧：1963年2月，分居后带着他们的两个孩子生活的普拉斯安顿好孩子之后，开煤气自杀。休斯因此背负着终身的骂名。而休斯当时出轨的情人，也是位非常美丽的诗人——阿西娅·魏韦尔，在六年后的1969年3月，她带着他们四岁的女儿舒拉一起，也用和西尔维娅同样的方式自杀。2017年，休斯去世十九年后，普拉斯写于1960年2月18日到1963年2月4日的一批信件为世人所知，信中指控休斯对她有家暴行为，对她的身体造成伤害，还导致她流产。为此，休斯的遗孀，1970年8月休斯与之结婚并相伴终身的卡罗尔·奥查德挺身而出，为休斯辩护。

2.《养鸽人》《情书》《福尔格里夫的女朋友》这三首诗都有点奇怪，不同于一般的爱情诗，而是冷淡而又专注地看戏一样旁观他人的爱情演出。《养鸽人》开始是一个比喻，爱情像猎鹰扑击鸽子一样凶猛地扑进他的生活，他成了一个爱情攻击之下的悲惨受害者。这真是一个奇怪的比喻，或一件很特别的事情。这爱情，是出自他自己生命内部突然觉醒的欲望冲动，还是来自外部爱慕他的人的骚扰，从此让他平静的生活再不得安宁？而经过这一番被攻击之后，这人自己成了爱情的捕食者、攻击者，一个毫无顾忌的玩世者、虚无者，普希金笔下十九世纪优越阶级的享乐主义者。《情书》这首诗写一对寻找爱情的人。第二节是“我”的寻找，第三节是“她”的目光的寻找。最后两节的感受和议论有点玄学派风格的曲折和缠绕：“我没说我确实爱你或不爱。/我被强迫来到你前面——/爱情是对一些美味的沉溺欲望——/我被驱赶到你的床上和四面墙内/从深不可测的破碎的黑夜——//正如被剥夺一切的我/得到的星座的关注/少于遭受寒冷、雨和风的忽视，/相比于爱以绝望显示我无家可归/我并没将你拥抱得更紧更坚定。”爱或不爱并不确定，爱情是一种沉溺的欲望、肉体需求，一种空洞的却又互相需求的关系。这首诗很奇异的是第一节，第三人称的“他”和环境，与后面的四节看不出有什么关系，似乎完全是脱节的，这是这首诗最费解之处。《福尔格里夫的女朋友》可以说是一个爱情奇迹故事，但要一直到最后才发现这点：“运气改变了他：/他找到了一个才貌双全的女人/在每个同伴面前都可以吹嘘。”这结尾赋予整首诗一种戏剧性的效果，是全诗最关键之处。但这首诗最特别的还在于前面的铺陈和讲述，那种心态，受制于环境，受制于被限定的自我认识，甘于成为卑贱恶劣的环境的一部分。休斯的这三首诗，关注着对人的爱情心理的刻画，和自己内心爱情的抒发没有关系。总之，休斯这些爱情诗，风格怪异，含混不清，都算不上佳作。这类诗不是休斯的长项。

## 四、鬼怪诗和杂诗

六首神魔鬼怪诗：《吸血鬼》《虚荣的腐朽》《巫婆》《会见》《舞会邀请》《法勒主教的殉道》。

1.《吸血鬼》《虚荣的腐朽》这两首诗是一种中世纪传统的民间鬼怪故事，带着哥特式风格的阴森和恐怖。《吸血鬼》故事的形象很典型、情节很清楚，属于一种民间故事类型。人群中特别迷人的人物是一个吸血鬼，在吸着众人的血，让死去的他获得生机，得以复活。让一般当代诗歌读者困惑的是，休斯这诗的意图是什么？就是复述一个民间故事？《虚荣的腐朽》情节吓人：一个国王珍爱那死去的王后的遗体，陪伴着过了几年，但最后将它视为无用的垃圾遗弃；而另一个虚荣的年轻人受到想象的光荣的影响，将它视为骄傲，与之结合。这说的是一种腐败的传统？题目“The Decay of Vanity”，“decay”多义不好译，有腐败、腐烂、腐朽、衰落、解体的意思，既代表虚荣的那具尸体的腐败腐烂，虚荣本身的脱落，也代表人在实际生活中的觉悟，即意识到这种虚荣毫无意义，从而摆脱出来。诗中写到两个方面，在一个人对此祛魅之时，也是另一个人的入魅之时——对那腐朽的虚荣入魅。从这两首诗对传统民间故事题材与主题的选取与运用之中可以看出，受过人类学专业教育的休斯，对神话和民间故事有着特别的兴趣和独特的理解。这种题材给休斯的诗增添了一层特别的色彩。

2.《巫婆》《会见》这两首诗中，《巫婆》也如前面的吸血鬼故事一样，是一种古老的民间故事类型。但这首诗非常好理解，第一节讲了巫婆故事的情节，第二节一开始是“现在，这儿有一个老巫婆，我看/她使这个故事显出极度的邪恶。/她把她美丽的女儿从大学里拽回家”，把女儿从大学拽回家，这是现代生活中的事情，是母亲对女儿生活的干涉与控制。这首诗发明了一个极为巧妙和清晰的结构，把一个流传久远的原型故事，像比喻一样运用到对现实生活真实情境的描述之中。原型故事获得了现实生活的真实事件的活力，而现实故事被赋予了原型故事的说服力。囚禁的爱是有毒的，非常可怕的。传说中害人巫婆的邪恶和现实生活中的母爱同构，让人惊愕，但确实有说服力。休斯这一创造性的运用令人赞叹。而《会见》这首诗非常神秘费解，一个浮士德一样的恶魔，对世界抱着一种玩世不恭的态度，对什么都怀疑、不相信，戏弄严肃认真的人，和一只山羊对视。这山羊代表什么？黑山羊本身是魔鬼的象征。这山羊先是俯视，然后是直视这恶魔的眼睛，在这恶魔的眼中看到凶信，却毫不畏惧，恶魔只好放它走了。这“血中的微光”的山羊是什么？这恶魔的意思又是什么？休斯写这首诗的意图是什么？全都很费解。

3.《舞会邀请》《法勒主教的殉道》这两首诗都是写主人公被可怕的酷刑处死的故事。两个人一个像恶徒，一个是圣徒；一个显示肉体生命享乐欲望的本能力量，一个展示超验信仰的惊人意志力。《舞会邀请》第一节写这个死刑犯悲惨麻木的被囚禁状态，第二节写他承受众马分尸的可怕酷刑：“行刑者加在他筋肉上的劲越来越大，/老审判官出声提醒/不能扯烂了，即使被处死。/所有骨头都碎裂了，整个身体软塌塌。/众马分别朝南和朝北拉扯，/在尖叫声中将他的心脏扯碎。”这野蛮残忍的细节让人惊骇。但还有更惊人的最后一节：“老鼠偷偷地啃啮着他。/腐烂和蛆虫一点点剥光他。/然而这个梦仍占据他的虚荣心：/要是他能直立，他将跳舞和叫喊/耻于做害羞或懒散的可怜虫。”这首诗展现了两个冲突的力量，一个是人类最野蛮、最残忍、最不人道的酷刑，另一个是人的身上具有的那种对抗这野蛮酷刑的生命力。这人桀骜不驯的生命意志力，快乐地享受生活的欲望，连死亡本身都消灭不了。人都死了，这生命享乐的冲动与意志力仍未屈服，还想要跳舞。这诗也有一种可怕的力量，超越了生死。休斯就崇拜这种生命的力量本身，他的动物诗已充分展示了这一点。完全不同于人道主义和浪漫主义把人变得多愁善感与脆弱不堪。他也超出道德评判，对这个死刑犯是好人还是坏人，无辜者还是穷凶极恶的暴徒，他并未明示，但处处暗示这是个无法无天的坏人，但也未加以褒贬评判。诗歌展示的是生命意志力的桀骜不驯，蔑视酷刑，什么都不能使之屈服，有着超级的承受力。《舞会邀请》这题目也更具有反讽意味，一个人上刑场，去接受酷刑被折磨致死，却被视为“舞会邀请”，这是一种彻底无视痛苦命运的造反派的轻蔑。

《法勒主教的殉道》写可怕的火刑，基督教处死异端的最典型的方式。施刑方是血腥玛丽女王，用这种极其恐怖的手段宣示权威，宣示正确信仰的统治权威，惩罚异端。受刑者是坚持自己的信仰的威尔士主教法勒。他毫不畏惧迎战这酷刑，将它视为对自己信仰的考验和证明，借此宣扬自己信仰的正确性。两者都为信仰而疯狂，一方实施非人性的酷刑折磨，一方显示超出人性忍耐限度的坚信。休斯就崇拜这种超出自然限度的力量本身。诗中还有第三方，那些沉默地目睹这一可怕酷刑的愚钝百姓，他们是这两者所要争取的信众。他们目睹他被烧成黑色冒泡的一团，散发出臭味。“他在讲道台上/从未让他们的目光如此寂静，/从来没有像他的痛苦，他的机智现在这样。”读者也被这场景震撼。这首诗最惊人的就是对这酷刑的客观冷静、准确的描写，对那野蛮力量的展现。这真是可怕的场景，让人闭上眼睛不敢看也不忍看。而休斯就有这种直视可怕真实的超然气度，他将我们听说过的火刑真实可怕地展现在我们眼前：“它们烧焦肌腱，把脚、脚踝/膝盖、大腿的骨头烧成焦炭，/将肠煮沸，将心脏烧成灰落下。”“渗出来的黑色扭曲的东西冒着泡/散发出的沥青味让他们作呕。”这恐怖的情形让人不忍目睹。这首诗语言风格粗犷有力，也没忘记各种反讽的修辞手法，比如将对信众的影响掌控视为打上印戳，表示权威和所有权；将法勒主教在火刑场说的那些话语比作印花税、金钱，被现场的观众装进口袋里存储，以备日后之用。这首诗是休斯的名诗，被认为是休斯十首必读代表作之一，充分展现了休斯“残酷的真实”的艺术个性和力量。

两首描写自然的诗：《风》《十月黎明》。

1.《风》写了非常狂野的风，人在狂风呼啸的乡间的生活。这首诗有很强的写实感，是诗中的“我”“我们”所亲身经历的描述。这种第一人称的写实之作，在休斯的这部诗集中很少见（另一首是《马群》）。第一节，写夜里房子被风猛烈摇撼。第二节，时间到了白天，世界变了一副模样，但猛烈的风依旧。第三、四节，“我”出门去煤房，这是实际生活所需，尤其是在刮大风的恶劣的天气，看到了田野和飞鸟。第五、六节，“我”又回到了室内，在温暖的炉火前（照应前面的煤），有酒有爱的“我们”（这里人称成了复数，说明有亲密的陪伴）却无法读书自娱，也无法彼此互娱（无法安于彼此的爱），因为外面的大风正动摇整个房子的根基。“现在/深陷在椅子里，在很旺的大火前，我们/紧攥自己的心脏，无法看书、思考以自娱//或彼此互娱”，这无法自娱，相爱的人也无法让对方快乐，是对爱的根基的扰乱。在这种情况下，在这美好如“一只精美的绿色高脚酒杯”的生活受到随时破裂的威胁时，人只能坐着，“看着窗户抖颤着往里顶，/听见岩石在地平线下尖声大喊”。这写实之诗写出了人世生活之上的神秘感。这风并非只是客观自然的风，而是充满象征和寓意；这海边山间的房子也充满了象征。人和人的爱情只是这个巨大的野性世界里精美而脆弱的存在。野蛮的气息，压倒人类痕迹的巨大的野蛮的呼吸，大地、天空、山石、气流，都是陌生野性的，动摇着我们的生活和两个人的爱的根基。暴烈的黑暗的自然世界，有着神秘的黑暗力量。人就在这黑暗力量之中不安地生存、相爱，感受着威胁。这首诗的语言非常富有感性表现力，展现出一种野蛮的力量、野性暴力的世界、黑暗力量的世界。全诗的语言结构真实性和象征性结合得非常好，堪称完美，属于休斯的典型风格。

2.《十月黎明》这首诗写季节的变化，寒冷天气的到来。“整夜里留给黑暗天堂的//半杯酒，在黎明时/梦见一个预兆”下面就顺理成章了：冰川期的到来，冰世界的情景。这首诗很奇异，暗含着寓意，但还是属于很常见的类型。

一首非常独特的诗：《围成一圈的欢闹者》。

这首诗有三个关键词。①欢闹/欢闹者（roare/roarer），出现了三次：题目中；第二节，“农夫们圣诞夜的欢闹”；还有第七节，“当他们全都欢闹着回家”。与此相对的是静默（silence），出现了两次：第五节，“否则/静默就会喝血”；最后一节，“在深不可测的黑暗的/静默中”。②飘落/倒下（fall/fell），出现了三次：诗歌第一句，“雪似乎在为温塞斯拉斯而飘落”；诗歌的最后一句：“而他们脚掌底下的世界/仍在旋转着”；第八节，“轻柔地接受他们的倒下（落下）”，这个“倒下”，有死去的意思。在第八节，是这些喝多了回家的人跌跌撞撞摔倒。因此，才会有“用盲目的技巧/和喧闹的平衡/去轻柔地接受他们的倒下”。③笑（laugh）出现四次：第三节，“好伙伴将笑声维持在空中”；第四节，“他们如此将笑声投出”，“如果他们没有/在笑，他们必定得哭”；第五节，“他们大张着嘴喷出/笑声的瀑布”。

在这首诗中，欢闹（roar）、笑（laugh）和飘落（fall）、静默（silence），构成一组对比。圣诞是欢庆喜乐的，从第一句就引用了圣诞歌。但整首诗中，这种欢乐是勉为其难的，是故意在制造，是在逃避，有点歇斯底里（强发笑声，歇斯底里的笑，这首诗有着非常强烈怪异的氛围）。有两个世界：一个是外面的风雪世界，冰冷的、饥饿的、大雪飘落的、和死亡紧密相连的世界；一个是小酒馆内的，明亮、温暖、出汗、欢笑的世界。但室内的人的世界被外部的荒野侵扰，里面的人感觉到恐慌、害怕。这是休斯特色，他不同一般诗人之处：本来是欢庆的圣诞歌谣，温暖美好的节日，他写出了神秘的恐慌和空白，人精神的荒芜，人被自然的巨大神秘的力量控制。这是一首表现内心极为惶恐和荒凉的诗。和休斯的大多数诗一样，它脱离了特定时空环境的具体、特定、真实的人事，而具有普遍的象征性。

剩下五首不好归类的诗：《两阶段》《申诉》《法厄同》《寻求经验的人问道一滴水》《分娩》。

《两阶段》是最难理解的一首诗，第一节所引用的罗马历史典故，和第二节的表达，还有题目构成什么样的关系，都不太清楚。《申诉》写天真的信教少女骚乱的内心、觉醒的欲望和危险感觉下的惊慌。这是少女的祷告和祈求。《法厄同》是神话中太阳神的儿子，因驾驶太阳神的马车失控，使太阳不能走在天空正常的轨道，引起天地秩序大乱，而被宙斯用雷电劈死。这是对这个故事的征引，把它作为书本上的一个故事，和读者发生关系。《寻求经验的人问道一滴水》这首诗写一滴水的来历。《分娩》写生孩子，属于休斯少有的正面赞颂性的诗，写新生命降临的奇迹，将日常的普通事物面貌都改变了，用一种神话的方式写。写这诗时休斯还没有自己的孩子。

## 五、休斯诗歌的一些特点以及他与拉金的不同

在一一读完这部诗集的诗之后，下面我们再对它们作一下整体的评价，对休斯的诗歌写作风格和特点作一些简单的概括。

1.在这部诗集中，休斯写得最好的、给人印象最深刻、最能体现出其独特风格和独特的思想与价值观念的诗是五首动物诗、六首战争诗、两首极端处境下人的意志力的诗（《舞会邀请》《法勒主教的殉道》）、一首具有神秘色彩的诗《围成一圈的欢闹者》、一首既写实又有象征意味的《风》。诗集中最刺激人的思想和感受的，是四首关于人与人关系的诗《一个谦恭的建议》《不相容》《公平选择》《猫国法律》，以及这四首诗《吸血鬼》《虚荣的腐朽》《巫婆》《会见》。这些诗题材上不同一般，动物、吸血鬼、恋尸癖、女巫、死亡之下的经历和感受，都是一种极端状态下人的经验，不是那种日常生活中的常见题材。这些诗思想上认定人的内心有着黑暗的仇恨和暴力，倾向于揭示真实的人身上的力量而不是赞颂和批判人身上的善恶，崇尚一种超越人的自然的力量。这些诗风格独特而鲜明，带有浓重的神秘主义观念；语言生动粗犷，有一种雄浑的力量；写法上将鲜活的写实与神秘的象征融为一体。虽然是第一部诗集，但休斯已写出了个性鲜明且极为成熟的诗歌杰作，他诗歌的基本价值取向已经非常明确地表现出来。他此后持续稳定、深入地写作的主题和题材也基本明确，他一生的诗歌追求和风格特点也已经充分展露，虽然有些方面还有待今后的写作让人更清晰地辨认出来。

这部诗集中那些次要的诗，像人物讽刺诗、爱情诗，也有很多可取之处。它们有助于我们认识到休斯才华和风格的边界，同时看到年轻诗人的不稳定、不确定的，含混不清、不可持续的各

种体裁和类型诗歌的即兴性和尝试性的写作冲动。有一点非常突出：作为一个有着强烈的浪漫主义诗歌传统激情的年轻诗人，休斯的第一部诗集中，没有一首自我沉陷的爱情诗，几乎没有一首自我抒情的诗，以“我”为叙述者的诗只有《马群》和《风》，其他全是有关对世界和他人的真实和真相的探测，使用的是第三人称，进行一种客观的描述与刻画。这真是罕见。

2. 休斯诗歌在题材和主题上、在价值观念上的独特性，自然也带来一些理解上的困难。他写神、魔、鬼、怪、兽的题材，以及人深藏的黑暗内心、复杂的欲望冲动。这种内心其实是和外部的神、魔、鬼、怪、兽一样的存在。他的诗不以抒发个人情感情绪为务，而是刻画和揭示某种隐藏的真理、真实，某种超出平常的感受、不为人所知的认识的真实。他的诗更接近一种戏剧所追求的目标。他是一个观念性很强的诗人，他的诗有很强的象征性和寓言性，而不是那种针对现实中的社会问题和描写日常生活的诗人。他的诗最费解最令人困惑之处经常就在于他特别的思想观念，他对人的心理的刻画和认定。他专注于人的心理，特别是对人的潜意识、非理性、原始的本能和欲望、黑暗意识的发掘和刻画。即使你明白他写的是什么，也常不明白他写某些诗的意图是什么。他为什么写这首诗？它超出了我们的接受范围。他的诗并非是浪漫主义以来的个人人道主义的抒情，也不是现代诗歌运动以来的精神刻画，而是他自己的一套前现代、前基督教时代的原始观念。他像一个从森林里冒出来的相信万物有灵的神秘世界中对人充满疑虑和警戒的撒克逊人。普拉斯称他为希腊大神宙斯一样的人物。

3. 他的诗歌有着强烈的表现力，强有力的艺术效果。他的语言，具体准确、粗犷、充满冷酷的真实，像他在《古代英雄和轰炸机飞行员》写到的古代英雄一样，蕴含着力量。他崇拜的也是一种最原始的本能的力量，来自神秘的生命、来自神秘的万物和宇宙的神秘起源的意志。他的诗歌在艺术上的另一个突出特点，是严谨的完美的结构。这种结构是衡量一个诗人是否成熟的标杆，因为这种完美的结构融合了直觉与理性。

了解了休斯的这些诗之后，我们可以来探讨一个很有趣的问题，那就是比较一下菲利普·拉金（1922—1985）和特德·休斯（1930—1998）这两个同时代的英国诗人。因为他们被认为是二战之后二十世纪后半期处于衰落状态的英国产生的两个最重要的诗人。这种比较可能有助于我们更好地理解休斯的诗。

有评论者认为没有比菲利普·拉金和特德·休斯反差更大的两个诗人了，他们俩完全是互为反面的两个人。他们几乎在每一个方面都代表着两个相反的极端，从个性到生活到作品到美学观念。菲利普·拉金口吃、近视，害羞、内向，不擅长运动，二战期间连当兵都不合格；尖酸刻薄，说尽了别人的各种怪话（希尼在访谈中谈到过这点）。他一辈子未婚，在赫尔大学图书馆工作了三十年，在赫尔大学所在的赫尔小城生活了三十年，直到去世，一直过着单调封闭的独身生活，没有家庭和孩子，不喜欢旅行，尤其是国际旅行，有一种排外思想。这属于他的个性。但想到曾经几个世纪不停地进行殖民扩张的英国，在衰落时期的代表性诗人，竟走向自我封闭，还是令人惊叹。他不喜欢在公众面前露面，处于隐居状态，私生活一直不为人所知，比如单调乏味单身生活的他也有情人，且保持很长的关系。拉金的诗歌数量不多，只出版过几本薄薄的集子。与拉金相反，休斯喜欢打猎钓鱼，过着职业作家的生活，以写作为生，他非常多产，参加文学广播节目，也广泛地组织和参与世界各地的各种文学活动，他还组织了诗歌翻译活动。他的个人生活都暴露在公众面前，且一直是很耸动的社会新闻，引起激烈的争议，比如他的第一任妻子普拉斯和第二任妻子的自杀事件。休斯努力做一个好父亲，和儿子在阿拉斯加钓鱼，给儿子写诗。围绕在休斯身上的这些争议甚至延续到了休斯死去之后。

他们的诗也完全不一样。菲利普·拉金写一种拉拉杂杂节奏缓慢的叙述性的诗，写贫乏单调的日常生活的诗。拉金的诗最大的特点是厌倦、退缩、退隐到个人生活中，整个是空无的崩塌的，写出了人类现代文明社会的疲倦和衰落感。菲利普·拉金的诗长于写普通、低调、暗淡的日常生活，他因此被称为写庸常生活的大师。像最著名的《上教堂》《降临节婚礼》，还有《高窗》那种现代人猥琐痛苦的身体和心理欲望的真实直率的表达。写城市文明中上班族日复一日的单调生活、无聊的癞蛤蟆一样的工作，这些日常生活的无聊疲惫。因为对于他，生活就是生活本身，在它之上没有宗教、神话、形而上思想以及任何超验的神秘奇迹、希望、得救与胜利可以指望、信赖与期盼；除了自己，也没有世俗生活（家庭、儿女、个人爱好）的乐趣。他在写法上很直白，就停留在所写事物的面上，不带任何寓意。而休斯的诗，最大的特点是充满了力量，一种原始的、野生的力量，生命本身的活力，一种超出人类文明社会限度的残酷、自然、本能的力量，以及人类社会深处蕴含的那种残酷的本能的力量。因为他关注自然、自然中的动物、整个天地间生机勃勃的、冷酷和冷漠地超然于人类文明之上的那种力量，其中有一种神秘的象征性。

菲利普·拉金和特德·休斯在对中国的接受和影响方面也有着很大的反差。二十世纪八十年代拉金的诗被翻译介绍到中国，这种诗初看并未给人留下特别强烈的印象，但九十年代之后，吸引了很多中国当代诗人的阅读兴趣，在中国当代诗人中产生了重要影响，对他们的写作产生过重要影响，如孙文波就谈到过拉金对他的影响。拉金诗歌的翻译和出版，也随之持续不断，先后有好几个译本问世，其中包括一部规模很大的包括很多注释的诗全集。而人们对菲利普·拉金的生活知之不多，也没有特别的兴趣。特德·休斯的诗也在二十世纪八十年代被翻译介绍到国内。休斯那些写猛禽、写利剑般的蓟的诗，风格强烈独特，带着一种凌厉的力量，让所有读到的人都印象深刻。但他的诗似乎并没有对中国诗人的写作产生什么影响。人们最感兴趣的是他生活的八卦，他和自杀的自白派诗人西尔维娅·普拉斯的爱情与家庭生活，因为普拉斯在中国更为有名，比休斯的影响要大得多。新世纪之后，休斯第一本汉译诗集，也正是他写给普拉斯的诗集《生日信》。

这种影响的差异，正是由他们诗歌取向的差异造成的。拉金所写的现实生活的疲惫与枯竭、无聊与单调，顺应了后现代的时代精神。这是一种随着历史的脚步，随现代诗歌自然而然地到来的一种后现代精神的诗歌。拉金所写的这种自我收缩、自我限制的诗，这种退回到自我乏味的日常生活的诗，也是一种时代精神疆域的收缩与心灵活力的枯竭，是这个时代的诗。拉金是一个纯粹的诗人，他的诗出自一种直觉的感受，一直限定在诗歌之内、自我之内，立足于个人视野的观看、感受，是基于个人生活经验的一种抒发，他自己有一个明确的限度，那就是一切限于切实可感的真实具体的生活之中。拉金的诗中，事实就是事实，就是人要面对的事实。这是现代社会精细分工之后，一切神奇的期待和愿景被驱逐出去之后，留给诗歌的那个小天地。他就写自己真实的庸常生活，不越界，不说自己无法确知的事物、某个更高更深地包裹着我们的世界、某种无形地左右着我们的神秘力量。他取消了形而上学，就剩下现实实际的个人生活，孤独的、空无的、日常可见的具体生活。拉金的诗让人一看就能明白、理解，他这种现代生活状态和精神，是人人都能体验到的，是萦绕在日常生活中的随处可触碰的现实，让人心有戚戚焉。拉金是现代文明的产物，是从基督教文化，从文艺复兴之后的人文主义和现代主义文化中产生出来的因过度而厌倦的文明的产物。

休斯的诗正好和这种消除一切神秘性、解构一切神话的时代精神的潮流逆向而动，凭一己之力，强行从一个清晰、具体、界限分明的物质理性世界回归到一个通灵的原始萨满世界，一个充满直觉和象征的世界，一个充满超验神秘性的神话世界。休斯头上的天空，并非拉金那样空无一物，而是有神灵、鬼怪，有最高的意志力存在。那些呆傻的人和动物，也不是没有表情的空洞样子，而是有一种黑暗的力量隐藏在它们的生命之中。在这个神秘的万物相通的世界里（《思想之狐》中那只穿越所有界限的狐狸），诗人不单是诗人，诗歌不单是诗歌，鹰、豹子、乌鸦、蓟、被母亲强行从大学带走的女大学生、被狂风摇撼的单独的房子、圣诞节喝酒欢闹的人群都不单单是它们自己，而是在一个巨大的神话中，在一个由各种因素和力量关联起来的广阔宇宙之中。休斯的诗是充满各种寓意的寓言，他进行的是寓言式写作（他的动物诗基本上都属寓言诗）。世界不仅是我们眼睛目睹、感官触及的世界，还有一个更高的意志力；人也不仅是道德意识中的人，还有黑暗的潜意识世界里的暴力与仇恨的深渊。万事万物都充满了更深的寓意。总之，在理性的分析工具大行其解构之道的时代，在拉金这样的诗人弃绝神话意识的神秘幽暗之地，退回到最坚实的个人日常生活领地之时，休斯的诗歌反其道而行，仍然凭借直觉要建构一个充满寓意的超验神话，一个从宇宙的最高意志力到最低的动物的原始生命冲动，到人的潜意识本能、人的精神信仰，到社会的组织与运行，把一切本能、意识、直觉和现实社会生活组织起来的巨大的神话。

这种神话结构和信念的支持，一方面赋予了休斯的诗一种特别的力量（拉金诗歌的贫乏与休斯的丰茂源于这点），一方面又带给了休斯的诗一种特别的费解。其结果是，虽然只要接触休斯的诗，就会留下极其强烈和深刻的印象，但他的诗也很难对其他诗人的写作产生影响。因为人们看到了那种效果，被那种野性的力量震惊，但对其内在的逻辑必要性无法理解。休斯的那种原始神秘主义，那种个人色彩很重的神话，离人们的生活和意识有点远；它超出了知识化的学术理性，超出了人道主义和人文主义的范畴，去除了浪漫主义的自我膨胀、自伤自怜的感伤，去除了现代性社会的自我中心，也脱离了人们的日常生活经验，因此人们无法将休斯的神话运用到对自己的生活经验的观看和描写之中。他那超验性的、原始的、神秘的风格力量太强烈、太独特了，和当代人们的生活现实与思想意识也相差太远，以至于人们无法效仿。这是休斯诗歌在中国接受情况远不如拉金诗歌的根本原因所在。

休斯的诗歌写作本身，没有观念和方法上的创新，只是恢复了人们已觉陌生的很久之前的神话直觉的感受、认识、信念和思想而显得极为独特，只是继承了传统的艺术方式而显出更强烈的感性力量。他和现代主义诗歌那种追求“日日新”，一直以向前创新为最高目的相反，和后现代主义以解构为主的潮流与观念相背，他是一种后退，倒退到野蛮时期更古老的观念和意识中，他倾向于重新建构一种原始的神话性、象征性诗歌。他诗歌的技艺也是一种古老的技艺，但非常强烈地被他使用，有一种特别的力量，一种原始、粗犷的感性力量，像那荷马史诗和那些古撒克逊诗一样，淡然地召唤和承受自然的暴力。

人们凭着生活直接自动的反应，就会接受拉金，因为他所写的就是眼前的生活，他的写诗方式拿来直接就可以用，直接就可以写出自己的生活经验。而对休斯，需要一种文化上的反思，需要越出人的自我的藩篱，把目光投向更深远的地方，才能接受。中国经过几十年的开放发展，不仅在经济上，在诗歌文化方面也有了足够的可供反思的经验积累，可思考一些更广阔深远的问题。这时候翻译出版休斯的作品集，也正好是顺应当前时代的需求。

最后，必须感谢本书编辑吴小龙、唐柳娜在编校过程中，针对翻译理解和语言表达提出的好些非常中肯、非常专业的修改意见，提升了本书的质量，让我受益匪浅。整个翻译过程费力甚大，但疏漏错谬之处在所难免，期待有识者不吝批评指教。

2022 年 5 月 19 日

桂图登字：20-2022-195

**图书在版编目（CIP）数据**

雨中鹰 /（英）特德・休斯著；雷武铃译 .—南宁：广西人民出版社，2023.2
（休斯系列）
书名原文：The Hawk in the Rain
ISBN 978-7-219-11434-6

Ⅰ. ①雨…　Ⅱ. ①特…　②雷…　Ⅲ. ①诗集—英国—现代　Ⅳ. ① I561.25

中国版本图书馆 CIP 数据核字（2022）第 162114 号

---

**雨中鹰**
YU ZHONG YING
［英］特德・休斯 / 著　雷武铃 / 译

出 版 人　韦鸿学
策　　划　白竹林
执行策划　吴小龙
责任编辑　唐柳娜
责任校对　梁小琪
装帧设计　刘　凛
封面用图　伦纳德・巴斯金

---

出版发行　广西人民出版社
社　　址　广西南宁市桂春路 6 号
邮　　编　530021
印　　刷　恒美印务（广州）有限公司
开　　本　889mm × 1194mm　1 / 32
印　　张　4
字　　数　97 千字
版　　次　2023 年 2 月　第 1 版
印　　次　2023 年 2 月　第 1 次印刷
书　　号　ISBN 978-7-219-11434-6
定　　价　49. 80 元